MOEWIG THRILLER

Zum Buch

Nach mehreren Jahren im Knast möchte der ehemalige Geldschrankknacker Sam Morgan eigentlich ein ehrlicher Mann werden. Doch kaum entlassen, unterbreitet ihm die hübsche Colleen O'Hara, die ihn in einer Hafenbar aufstöbert, ein allzu verlockendes Angebot: 100 000 Dollar, wenn er an einem letzten Coup mitwirkt . . .
Morgan läßt sich auf das Abenteuer ein: Aus der streng bewachten Bergfestung del Rey, von der der Diktator Diaz mit brutaler Gewalt die Inselrepublik Caribo beherrscht, soll Gold im Wert von rund 20 Millionen Dollar geraubt werden – eine Aufgabe für einen hochklassigen Tresor-Spezialisten.
Doch schnell merkt Morgan, auf was er sich eingelassen hat. Seine Helfer sind Banditen aus dem Dschungel, intellektuelle Rebellen aus den Städten und eine Gruppe skrupelloser Amerikaner, die aus purem Eigennutz die Revolution unterstützen wollen. Morgan hat nicht nur mit den Schergen des Diktators und deren Terrormethoden fertig zu werden, sondern auch noch mit den Intrigen in den eigenen Reihen. Und für den Bankraub an sich hat er nur vier Stunden Zeit . . .
Alberts Roman ist ein packender Revolutionsthriller, in dem gekonnt die Elemente des politischen Krimis mit denen des Abenteuerromans miteinander verbunden sind. Vor der exotischen Kulisse des brodelnden Hexenkessels Mittelamerika entfaltet der Autor eine packende Action-Handlung.

Zum Autor

Marvin H. Albert, 1924 in Philadelphia geboren, wurde nicht nur als Thriller- und Westernschriftsteller, sondern auch als Drehbuchautor berühmt. So schrieb er u. a. die Drehbücher zu den Filmen „Bettgeflüster", „Der rosarote Panther" und „Der Don ist tot".
Immer wiederkehrendes Thema in seinen Büchern ist der Kampf eines einzelnen gegen die Übermacht von Staat und Verbrechen, die – so Albert – oft unheilvolle Allianzen bilden.

Als Moewig-Taschenbuch sind bereits erschienen:
6111 Die schwarze Göttin
2360 Lady im Zement
2397 Mord in Zimmer 13
2444 Märchenjagd in Manhattan
2460 Freie Fahrt ins Jenseits

Marvin H. Albert

Im Auftrag der Rebellen

MOEWIG THRILLER

MOEWIG Band Nr. 2497
Verlag Arthur Moewig GmbH, Rastatt

Titel der Originalausgabe: The Looters
Aus dem Amerikanischen von Werner Gronwald

Genehmigte Taschenbuchausgabe
Umschlagentwurf und -gestaltung: Werbeagentur Zeuner, Ettlingen
Verkaufspreis inkl. gesetzl. Mehrwertsteuer
Auslieferung in Österreich:
Pressegroßvertrieb Salzburg, Niederalm 300, A-5081 Anif
Printed in Germany 1987
Druck und Bindung: Ebner Ulm
ISBN 3-8118-2497-X

1

Sie stand im Schatten einer der Palmen, die den Biscayne Boulevard säumten, als er an jenem Abend vom Hafen herkam. Der Mann neben ihr stieß sie mit dem Ellbogen an.

»Das ist er«, flüsterte er. »Morgan —«

Sie beobachtete Morgan, während er — die Hände tief in die Taschen vergraben — den Gehsteig entlangschlenderte. Er war ein großer, hagerer Mann in einem Polohemd, ausgebleichten Blue-jeans und billigen Segeltuchschuhen, und er bewegte sich mit einer lockeren, spielerischen Leichtigkeit. Als das Licht einer Straßenlaterne auf sein Gesicht fiel, erkannte sie, daß er jünger war, als sie erwartet hatte.

Morgan überquerte die Straße, und sie gab dem Mann an ihrer Seite den versprochenen Dollar. Er verschwand sofort, und sie trat aus dem Schatten der Palme und folgte Morgan.

Er bemerkte sie nicht. Seine Gedanken waren auf die vor ihm liegende Nacht und das Geld in seiner Tasche gerichtet. Den ganzen Tag über hatte er auf einem gecharterten Sportfischer-Boot gearbeitet. Das war in den fünf Monaten, in denen er sich jetzt schon in Miami herumtrieb, für ihn ungefähr die einzige zu ergatternde Arbeit gewesen. Er half Charterboot-Kapitänen bei ihren Fahrten, indem er Angelhaken beköderte, das Boot mit manövrierte und den Sportfischern bei der Bergung ihrer Fänge half.

Gewöhnlich konnte er mit einem Dollar Trinkgeld von

jedem Sportfischer rechnen. Aber die heutigen Fischer waren wohlhabender als der Durchschnitt gewesen, und sie hatten auch im Golfstrom viel Anglerglück gehabt. Jeder von den fünf Männern hatte Morgan drei Dollar Trinkgeld gegeben.

Früher einmal hatte er selbst solche Trinkgelder verteilt, aber heutzutage bedeuteten fünfzehn Dollar für ihn ein kleines Vermögen. Er konnte sich heute nacht ein gutes Essen und ein anständiges Zimmer leisten. Zuerst aber würde er sich mit ein paar Drinks den Salzgeschmack und das bittere Gefühl, nichts als ein Hafenstreuner zu sein, aus dem Munde spülen.

Morgan saß auf einem ungepolsterten Hocker in einer schäbigen Vorstadtbar bei Bourbon und Bier, als er das Mädchen zum erstenmal sah. Er bemerkte sie sofort bei ihrem Eintritt. Mädchen ihrer Art mußten in einer solchen Kneipe auffallen. Sie war zu jung und hübsch, und ihre bunt bestickte Bluse und die Hosen waren für diese Umgebung zu elegant. Ihr Gesicht hätte nur alltäglich nett gewirkt, wenn die großen, dunklen Augen nicht einen so anmutigen Gegensatz zu ihrem blonden Haar gebildet hätten.

Sie blieb zögernd auf der Schwelle stehen und schaute sich um. Einige Tische und Nischen waren leer, aber sie kam quer durch die Bar auf die Theke zu und setzte sich auf den Hocker neben Morgan.

Das üppige Barmädchen trat heran und betrachtete sie abschätzend.

»Was darf es sein, Hübsche?«

Das Mädchen schürzte die Lippen und warf Morgan einen schrägen Blick zu.

»Was trinken Sie, Morg? Man nennt Sie doch Morg, nicht wahr?«

Er betrachtete sie nachdenklich. Der wache Ausdruck von Intelligenz in seinen Augen verwirrte sie. Plötzlich lächelte er. Es war ein warmes Lächeln, das die harten Linien um seinen Mund glättete.

»Bourbon«, sagte er ruhig.

Das Mädchen nickte der Frau hinter der Theke zu.

»Ich nehme auch Bourbon — mit Eis. Und bringen Sie Morg noch ein Glas auf meine Kosten — wenn Sie schon dabei sind.«

Morgan sah sich das Profil mit der Stupsnase und den anmutigen Linien von Wange und Kinn an, und sein Blick glitt tiefer hinab zu dem hohen Ansatz der Brüste. Ein Verlangen begann sich in seinem Innern zu regen.

Sie wandte den Kopf und sah, wo er hinschaute. Aber sie wurde nicht ärgerlich. Und als ihre Blicke sich trafen, öffneten sich ihre Lippen zu einem leichten Lächeln.

Die Frau hinter der Bar servierte die Getränke. Das Mädchen neben Morgan hob ihr Glas und sagte:

»Trinken wir auf bessere Zeiten, Morg.«

Morgan erkannte, daß sie Freude an ihrer Rolle hatte — wie ein Kind in einer neuen Verkleidung. Morgan hob sein Glas und leerte es. Das Mädchen nippte an ihrem Bourbon und verzog das Gesicht.

Sie beobachtete seine Hand, die das Glas hielt. Es war eine schlanke Hand mit viel Kraft und langen, sensitiven Fingern. Diese Art von Händen hatte sie bei ihm erwartet.

Morgan setzte das leere Glas ab und fragte ruhig:

»Sollte ich Sie kennen?«

Sie schüttelte den Kopf.

»Mein Name ist Colleen O'Hara.«

In seiner Erinnerung regte sich nichts.

»Aber Sie kennen mich«, sagte er.

»Ich bin gerade dabei, Sie kennenzulernen«, antwortete sie ausweichend.

Es hatte eine Zeit gegeben, da wäre er nicht mißtrauisch geworden, wenn ein hübsches, junges Geschöpf wie sie in einer Bar seine Bekanntschaft gesucht hätte. Eine Marineuniform wirkte auf gewisse Frauen wie Baldrian auf Katzen. Aber das war lange her — gewissermaßen in einem anderen Leben. Wenn er daran zurückdachte, war es, als erinnerte er sich an einen völlig Fremden.

Er war während des 2. Weltkrieges mit achtzehn Jahren in die Marine eingetreten und als Sprengmeister ausgebildet worden. Als der Krieg zu Ende ging, hatte er sich durch einige Dutzend pazifische Inseln gekämpft und bis zum Leutnant auf Kriegszeit hinaufgedient. Später trat er wieder als Berufsunteroffizier ins Heer ein. Dann kam Korea und die Verwundung, die seine Rückführung in die Staaten und die Entlassung wegen Dienstuntauglichkeit zur Folge hatte.

Der Niedergang begann mit der Rückkehr in seine Heimatstadt San Francisco. Er war zu lange fort gewesen — konnte sich nicht mehr richtig in das Leben eines Zivilisten hineinfinden.

»Noch ein Glas auf Ihre Gedanken«, sagte Colleen O'Hara.

Morgan lächelte sie an.

»Ich dachte gerade, daß Sie eine Überraschung für mich sind. Ich hatte erwartet, daß mich irgend jemand, der einen Coup im Sinne hat, schließlich aufstöbern würde. Aber ich hatte mir darunter nicht jemand wie Sie vorgestellt.«

»Ich weiß wirklich nicht, wovon Sie sprechen«, sagte sie und wandte sich schnell ab, um ein weiteres Glas für ihn zu bestellen.

Morgan glaubte genau zu wissen, was sie von ihm

wollte. Er war nach Miami gekommen, um die Wahrscheinlichkeit, daß jemand aus seiner Vergangenheit auftauchte, so weit wie möglich zu verringern. Aber irgendwer hatte sich wohl die Mühe gemacht, ihn aufzustöbern. Offenbar lag Miami doch nicht weit genug von San Francisco entfernt.

In San Francisco hatte damals sein Unglück angefangen, als er nach der Entlassung aus der Armee den alten Berufsverbrecher Starky kennengelernt hatte, der einmal eine Kapazität als Geldschrankknacker gewesen war.

Die Nerven des alten Mannes waren nicht mehr gut genug, um die Anspannung eines langen Einbruch-Coups auszuhalten. Aber er wußte noch so gut wie nur irgendeiner über die notwendige Technik Bescheid. Und er hatte Morgan alles beigebracht. Unter Starkys Obhut hatte sich Morgan in Verbrecherkreisen einen Ruf als einer von den besten Geldschrankknackern im Lande erworben. Er hatte damals aus dem Vollen gelebt. Und er hatte seine Beuten mit Starky geteilt, bis der alte Mann starb.

Erst nach Starkys Tode war es Morgan zum Bewußtsein gekommen, daß die Verbitterung, die er nach der Entlassung aus der Armee über die ungerechte Behandlung durch die Behörden und die Zivilisten empfunden hatte, völlig von ihm gewichen war. Die Bitterkeit war fort, aber damit auch der Geschmack an dem Leben, das er jetzt führte. In der einsetzenden Baukonjunktur fand er einen Posten als Ingenieur, und er begann sich eben emporzuarbeiten, als seine Vergangenheit ihm einen Strich durch die Rechnung machte. Einer von seinen Komplicen bei einem weit zurückliegenden Einbruch war gefangen worden und hatte sich durch Verrat von Morgan und anderen Mittätern mildernde Umstände verschafft.

Die Gefängniszeit hatte Morgan viel von seinem Lebensmut genommen. Er wußte auch, daß beim nächsten Mal seine Strafe noch viel härter ausfallen würde. Bei seiner Entlassung hatte er sich geschworen, nie wieder das Risiko einer Gefängnisstrafe auf sich zu nehmen.

Inzwischen waren die fünf Monate vergangen, in denen er versucht hatte, ein neues Leben anzufangen. Fünf Monate der harten Erfahrung, wie schwer es für einen ehemaligen Sträfling war, eine anständige Arbeit zu finden. Es hatte damit geendet, daß er sich jetzt am Hafen herumtrieb, als wartete er dort auf die große Chance seines Lebens.

Die Barfrau brachte die Getränke. Morgan hob sein Glas, leerte es und sah Colleen O'Hara an.

»Wie ist es mit Ihnen?« fragte er.

Sie schüttelte den Kopf und deutete auf ihr noch halbvolles Glas.

»Schmeckt scheußlich.«

Er lachte.

»Man hat Ihnen den besten Whisky des Hauses serviert. Das meiste Zeug schmeckt hier noch viel schlechter.«

»Warum soll man es dann trinken?« Ihre Blicke trafen sich. »Ich habe ein paar gute Flaschen an Bord.«

Er sah sie mit neuem Interesse an.

»Sie haben ein Boot?«

»Ja. Wir könnten an Bord gehen und den Flaschen zu Leibe rücken.«

»Es wird Ihnen nichts nützen«, sagte er sanft. »Ich habe, seit ich frei bin, keine Kiste mehr geknackt. Und ich will es auch nicht mehr tun — nicht einmal für ein hübsches Mädchen mit gutem Schnapsvorrat.«

Sie stand auf und sah ihn gerade an.

»Haben Sie etwas dagegen, ungestört ein paar anständige Glas Whisky zu trinken?«

»Nein«, gab er zu.

»Also dann — — «, sagte sie und wandte sich von der Bar ab.

*

Sie nahmen ein Taxi zum Miami-Jachthafen an der Biscayne-Bucht. Morgan folgte dem Mädchen auf einen von den dunklen Landestegen. Als er das Boot sah, vergaß er den versprochenen Whisky. Es war ein schlanker, aber seetüchtig aussehender Fünfzig-Fuß-Kabinenkreuzer mit Mahagoniüberzug und Teakholzdeck. Der Namen am Hintersteven lautete *Wanderlust.*

Morgan starrte die Jacht an und spürte sofort die alte Sehnsucht in seinem Innern.

»Ist das Ihr Boot?« fragte er.

Colleen O'Hara nickte.

Morgan stieg hinter ihr an Deck und schaute sich bewundernd um.

»Das ist wirklich ein schönes Boot«, sagte er. »Mit was für Maschinen ist es ausgerüstet?«

»Da fragen Sie mich zuviel«, sagte sie. »Ich kann ein Boot ziemlich gut steuern, aber ich weiß überhaupt nichts von Motoren. Sie?«

Er nickte langsam.

»Ich bin im Hafenviertel von San Francisco aufgewachsen. Mein Vater war Fischer. Ich wollte eines Tages ein eigenes Boot für Charterfahrten haben.«

Sie sah ihn neugierig an.

»Und was ist geschehen?«

Morgan zuckte mit den Schultern.

»Der Krieg — — und dann andere Dinge —« Er legte die Hand auf das Mahagonischutzdach über dem Achterdeck. »Aber wenn ich mir ein solches Boot hätte kaufen können — —«

»Vielleicht können Sie es eines Tages«, sagte sie leichthin.

Er lächelte schief.

»Am besten erledigen wir das jetzt gleich«, sagte er. »Ich meine, Sie machen Ihren Vorschlag, wie ich schnell zu dem Geld für ein solches Boot komme, und ich sage nein dazu.«

Colleen beobachtete ihn eine Weile schweigend.

»Ich habe keine Vorschläge zu machen«, sagte sie dann. »Mein Vater tut das. Er möchte Sie sprechen.«

»Wer ist Ihr Vater?«

»Patrick O'Hara. Früher nannten sie ihn Piraten-O'Hara. Die Zeitungsleute haben eine Vorliebe für romantische Spitznamen.«

Morgan hatte von Piraten-O'Hara gehört. Am Anfang der Prohibition hatte O'Hara mit einem Boot Kreuzfahrten zwischen Florida und den Bahamas unternommen und Alkohol in die Staaten geschmuggelt. Am Ende der Prohibition besaß er eine ganze Flotte von Booten und die nötigen Lastwagen, um die Schmuggelware zu Al Capone nach Chikago zu schaffen. Später hatte er sich auf andere Geschäftszweige verlegt und war eine Macht in den Syndikaten der organisierten Unterwelt geworden. Vor sechs Jahren hatte er Hals über Kopf das Land verlassen müssen, um einer Gefängnisstrafe wegen Steuerhinterziehung zu entgehen.

»Sie scheinen von ihm gehört zu haben«, sagte Colleen O'Hara.

Morgan nickte.

»Irgendwie sehen Sie nicht wie die Tochter eines Gangsters aus«, sagte er.

Sie warf ihm einen kühlen Blick zu.

»Und Sie sehen irgendwie nicht wie ein Geldschrankknacker aus.«

»Ich bin es auch nicht — nicht mehr. Das habe ich Ihnen die ganze Zeit über zu erklären versucht. Was auch Ihr Vater im Sinn haben mag: ich bin nicht daran interessiert. Mit dieser Tätigkeit will ich nichts mehr zu tun haben.«

Sie sah ihn von oben bis unten an.

»Mit Ihrer neuen Tätigkeit scheinen Sie aber nicht allzuviel zu verdienen.«

»Das stimmt«, gab er ehrlich zu.

»Also dann — — trinken wir wenigstens ein Glas miteinander. Und dann können wir weitersprechen.«

Er zuckte mit den Schultern.

»Es ist Ihr Whisky.«

Sie trat ins Deckhaus und verschwand in der Hauptkajüte. Kurze Zeit später kehrte sie mit zwei großen, vollen Gläsern zurück, in denen Eisstücke klirrten.

»Reiner Bourbon«, sagte sie, als sie ihm ein Glas reichte. »Es sei denn, Sie möchten Wasser dazu.«

Morgan schüttelte den Kopf und kostete den Whisky. Es war lange her, seit er so guten Bourbon getrunken hatte. Colleen setzte sich auf einen Deckstuhl, und Morgan ließ sich ihr gegenüber in einen der mit Segeltuch überzogenen Stühle sinken.

»Ich dachte, Ihr Vater lebt in irgendeinem Land an der karibischen See und traut sich nicht in die Staaten zurück?«

Sie nickte.

»Wir wohnen in Caribo. Hübsches Land. Ruhig, aber recht heiß. Ich meine politisch. Wie ein Vulkan, der jeden Tag ausbrechen kann.«

Morgan hatte sein Glas ziemlich schnell geleert, und als er es jetzt neben sich an Deck setzte, fühlte er sich plötzlich merkwürdig benommen.

»Aber Ihr Vater ist jetzt wieder in den Staaten?« fragte er.

»Nein. Er kann nicht zurückkommen. Deshalb gehört das Boot auch mir. Ich mußte es für meinen Vater hier in den Staaten kaufen und auf meinen Namen eintragen lassen.«

»Sie sagten doch eben, er will mit mir sprechen?«

»Das will er auch.«

Morgan runzelte die Stirn, und fuhr sich mit der Hand über die Augen, um die Nebelschleier zu vertreiben, die seine Sicht trübten.

»Soll ich etwa in diesem Boot über die karibische See fahren, um mit Ihrem Vater zu sprechen?«

»So hatten wir es uns gedacht«, bestätigte Colleen.

»Die Idee sagt mir nicht zu.«

»Woher wollen Sie das wissen, bevor Sie mit meinem Vater gesprochen haben?«

»Ich habe es Ihnen schon erklärt. Ich will mit Geldschrankknacken nichts mehr zu tun haben.«

»Es ist diesmal etwas ganz anderes, als was Sie je getan haben. Und Sie können dabei sehr viel Geld verdienen.« Ihr Gesicht begann vor seinen Augen zu verschwimmen, und ihre Stimme klang leiser, als sie sagte: »Sie sehen so aus, als könnten Sie Geld brauchen. Warum wollen Sie nicht wenigstens mit meinem Vater sprechen? Dabei können Sie nichts verlieren.«

Morgan stützte die Hände auf die Armlehnen und richtete sich auf. Sofort überfiel ihn ein Schwindelgefühl, und seine Knie wurden weich. Blitzartig kam ihm die Erkenntnis.

»Der Whisky — — «, murmelte er benommen. »Sie haben mir — —«

Ein Mann trat aus der Kajüte. Morgan konnte kaum noch erkennen, wie er aussah.

»Setzen Sie sich lieber hin«, sagte der Mann mit unverkennbar irischem Akzent.

Colleen wandte sich dem Mann zu. Ihre Stimme klang ärgerlich.

»Derric, hast du ihm etwas ins Glas getan?«

»Ja«, sagte der Mann. »Es war nötig.«

»Du Idiot!« rief sie zornig. »Ich hab' dir gesagt, du sollst damit warten, bis ich mit ihm gesprochen habe.«

»Er hätte sich immer geweigert. Ich habe ihn gehört. Warum das Risiko eingehen? So ist es viel einfacher. Du bist zu weich für — —«

Morgan nahm seine ganze Kraft zusammen, torkelte auf den Mann zu und versuchte ihn an der Kehle zu packen. Derric schlug ihm mit dem Handrücken mit aller Kraft ins Gesicht. Morgan verlor das Gleichgewicht und ließ sich in die Knie sinken.

»Verdammt, Derric!« hörte er Colleen wie aus weiter Ferne rufen. »Du hast mir versprochen, nicht — —«

Morgan versuchte sich aufzurichten. Aber das Schwindelgefühl wurde noch stärker, und dann stürzte er wie in einen schwarzen Schacht.

2

Als Morgan aufwachte, sengte die heiße Mittagssonne aus einem wolkenlosen Himmel herab, und die *Wanderlust* schlingerte in der schweren Dünung der offenen See. Er lag im Deckhaus am Boden, und sein Rücken schmerzte von den langen Stunden auf dem harten Teakholz. Sein Kopf dröhnte, und im Mund hatte er ein Gefühl, als hätte er heiße Asche gegessen.

Das erste, was in sein Bewußtsein drang, war die Stimme eines Mannes, der wütend fluchte. Gleich darauf merkte er, daß die Maschinen nicht liefen, und daß das Schlingern des Bootes seinen gereizten Magennerven zusetzte.

Als nächstes sah er einen großen, athletisch gebauten, dunkelhäutigen Mann am Schott des Deckhauses lehnen. Er beobachtete Morgan mit einem sanften Lächeln, das einen seltsamen Gegensatz zu seinen wilden Gesichtszügen bildete. Der Mann sah wie eine Mischung aus Neger, Indianer und Spanier aus — eine Rassenkombination, wie man sie in lateinamerikanischen Ländern findet. Er hatte geflickte weiße Hosen an, und seine breite braune Brust und seine Füße waren nackt.

»Wer bist du?« fragte Morgan heiser.

»Manolo«, sagte der riesige Mann mit überraschend weicher und angenehmer Stimme. »Wie fühlst du dich, Mann?« Er sprach die englischen Worte langsam und mit Schwierigkeit aus.

Morgan antwortete nicht. Er versuchte seine spröden Lippen zu belecken, aber seine geschwollene Zunge war auch zu trocken. Behutsam drehte er den Kopf hin und her. Die bohrenden Schmerzen in seinem Schädel rührten bestimmt nicht nur von einem Alkoholkater her. Er wurde zornig, als er an das Betäubungsmittel dachte, das man ihm in den Whisky getan hatte.

Jetzt sah er auch den Mann, der ihn betäubt und geschlagen hatte. Derric kniete vor der offenen Maschinenluke, den Oberkörper hineingebeugt und unaufhörlich fluchend. Er hatte sandfarbiges Haar, eine Hakennase und den rötlichen Teint jener hellhäutigen Menschen, deren Haut auch in der Tropensonne nie die schützende Bräune annimmt. Sein Körper in den Baumwollhosen und einem bunt geblümten Sporthemd wirkte hager und stark. Er mochte um die Vierzig sein.

Plötzlich richtete er sich mit einer Zündkerze in der Hand auf. Er sah Morgan dasitzen und redete ihn ärgerlich an.

»Dieses verdammte Klima in der karibischen See. Schau dir die Zündkerze an. Die Pole korrodieren schon.«

Morgans Blick verengte sich, als er den Revolver im Gürtel des Iren sah. Er sah zu Manolo auf. Der trug keine Waffe. Die Lehne eines Deckstuhls ergreifend, richtete Morgan sich vorsichtig auf. Ein letzter Rest von Schwindelgefühl wogte durch sein Gehirn. Er war noch schwach auf den Beinen, aber das würde sich geben. Schwankend und breitbeinig ging er in die Plicht hinaus und sog die Meerluft ein.

Nach kurzer Zeit fühlte er sich kräftiger, und das Schwindelgefühl war fort. Es war kein Land in Sicht. Wohin er schaute, nur die unruhige Dünung des Ozeans.

Dann sah er Colleen O'Hara. Sie war zwanzig Meter von der Jacht entfernt im Wasser und schwamm in sicherem Kraulstil auf das Boot zu.

Derric kam in die Plicht, als das Mädchen an Bord kletterte. Sie trug einen roten Bikini, der praktisch nur aus zwei schmalen Stoffstreifen bestand. Wassertropfen funkelten auf ihrer sonnengebräunten Haut. Trotz seines Zorns spürte Morgan wieder eine Regung von Verlangen, als er Colleen anschaute.

Sie warf ihm nur einen kurzen Blick zu und wandte sich sofort an den Iren.

»Nun, Derric? Schaden schon behoben?«

»Es sind die Zündkerzen«, erklärte Derric. »Sie sind nicht korrosionsbeständig. Wir hätten eine andere Sorte nehmen müssen.«

»Warum hast du das nicht vor dem Start festgestellt?« fragte sie angriffslustig. »Ich dachte, du bist so ein hervorragender Mechaniker.«

»Wir haben andere Zündkerzen an Bord«, sagte Derric ruhig. »Wir brauchen sie nur auszutauschen.«

»Also dann los«, sagte sie ungeduldig. »Dieses Schlingern macht mich ganz schwach.«

Derric wandte sich ab, und diesen Moment benutzte Morgan für seinen Angriff. Er drehte sich blitzschnell auf den Hacken herum und benutzte den Schwung und die ganze Kraft seiner Schulter zu einem linken Haken in Derrics Magengrube.

Derric krümmte sich mit einem erstickten Keuchen zusammen und fiel aufs Deck. Noch während er fiel, zuckte Morgans Hand vor und riß ihm den Revolver aus dem Gürtel. Er entsicherte die Waffe und wirbelte im gleichen Moment herum.

Aber bevor er die Waffe benutzen konnte, hatte Manolo sich schon mit der Schnelligkeit und Sicherheit einer großen Katze bewegt. Sein Fausthieb traf Morgans rechten Unterarm. Es war wie ein Keulenschlag. Morgans ganzer

Arm wurde sofort betäubt. Die Waffe entglitt ihm und polterte aufs Deck.

Morgan sprang vor und bückte sich mit der linken Hand danach. Aber Manolo packte ihn hinten am Gürtel und riß ihn zurück. Im nächsten Moment preßte sich der dicke, braune Unterarm wie ein Schraubstock gegen Morgans Kehle und raubte ihm die Luft. Er versuchte nach Manolos nackten Zehen zu treten, aber Manolo hob ihn einfach in die Luft. Auch als er zwei von Manolos Fingern zu packen bekam, half ihm das nichts. Er konnte sie nicht einmal nach hinten biegen. In Manolos eisenharter Umklammerung war jeder Widerstand sinnlos.

»Tu ihm nicht weh, Manolo«, sagte Colleen ruhig. »Kühl ihn nur im Wasser ab.«

Manolo packte mit einer Hand Morgans Kragen und mit der anderen wieder seinen Gürtel, hob ihn hoch und schleuderte ihn über die Reling.

Morgan klatschte mit dem Bauch aufs Wasser, und der Aufprall raubte ihm für den Augenblick den Atem. Er sank unter und schluckte Salzwasser. Wild mit Armen und Beinen rudernd brach er schließlich prustend und keuchend zur Oberfläche empor.

Manolo und Colleen standen am Heck und beobachteten ihn. Das Mädchen hatte Derrics Revolver in der Hand.

»Es liegt jetzt ganz an Ihnen!« rief sie ihm zu. »Sie können nach Florida zurückzuschwimmen versuchen. Aber ich glaube nicht, daß Sie es schaffen. Und Sie können wieder an Bord kommen und später mit meinem Vater sprechen. Ich wollte nicht, daß es so wird. Aber jetzt kann ich es nicht mehr ändern.«

Morgan wischte sich das Wasser aus den Augen und schwamm zur Jacht zurück. Als er in die Plicht zurückkletterte, saß Derric immer noch am Boden und hielt die Hände an den Leib gepreßt.

Morgan mußte plötzlich grinsen. Jedenfalls hatte er einem von den beiden einen Denkzettel verpaßt.

Derric warf Morgan einen wütenden Blick zu.

»Gib mir den Revolver«, sagte er zu Colleen.

Das Mädchen schüttelte den Kopf.

»Nein. Erst wenn du dich beruhigt hast. Morgan hat sich nur für das revanchiert, was du ihm gestern abend angetan hast.«

Derric richtete sich langsam auf, warf Morgan einen mörderischen Blick zu und ging zu seinen Maschinen zurück.

»Die Sache wird von Minute zu Minute unangenehmer«, sagte Colleen und sah Morgan an. »Es tut mir leid — wegen gestern nacht. Ich wußte nicht, daß Derric so etwas vorhatte.«

»Wie wäre es, wenn Sie mir jetzt endlich sagen würden, worum es eigentlich geht?«

»Lassen Sie es sich von meinem Vater erzählen. Ich weiß wirklich nicht allzuviel davon.« Sie sah an sich hinunter und schien jetzt erst zu bemerken, wie wenig sie anhatte. »Ich werde mich umziehen und etwas zu essen machen. Ich glaube, Sie könnten jetzt auch eine kräftige Mahlzeit vertragen.«

Sie ging durchs Deckhaus in die Hauptkajüte, und Morgan wandte sich Manolo zu.

»Für einen so großen Mann bist du ziemlich schnell, Manolo«, sagte er.

Manolo grinste.

»Ich nehme an, du willst mir auch nicht sagen, was hier gespielt wird?«

Manolo zuckte, immer noch grinsend, seine breiten Schultern.

»Ich habe es mir gedacht«, murmelte Morgan.

Derric brachte die Maschinen wieder in Gang und ging auf die Brücke ans Steuerruder. Als das Boot Fahrt aufnahm, überkam Morgan ein seltsames Gefühl von Ruhe. In den fünf Monaten seit seiner Entlassung aus dem Gefängnis hatte er sich ziellos treiben lassen. Aber dieses Gefühl der Ziellosigkeit war jetzt vorüber. Er wußte zwar genau, daß er bestimmt keinen Geldschrank mehr knacken würde — auch für Piraten-O'Hara nicht. Doch aus diesem Entschluß ergab sich das andere Problem: wie er ehrlich bleiben und trotzdem seine Haut retten konnte.

*

In der Hauptstadt von Caribo saß inzwischen ein kleiner Mann mit glattem Gesicht und lauernden Eidechsenaugen hinter seinem Schreibtisch in einem Bürozimmer der Festung del Rey und starrte gespannt auf die beiden vor ihm stehenden Telefone.

Die Bevölkerung des Landes hatte ihm verschiedene Namen gegeben: Der Schlächter, der Haifisch, der Henker. Sein richtiger Name war Targo. Colonel Targo war der Chef der Geheimpolizei von Caribo.

Er trommelte ungeduldig mit seinen dünnen Fingern auf die Schreibtischplatte und dachte voller Zorn an Kosta und O'Hara und all die anderen, deretwegen er eben zwei unangenehme Stunden beim Präsidenten von Caribo in dem luxuriös eingerichteten Ostturm der Burg Brogada, an der anderen Seite der Stadt, verbracht hatte.

In Caribo hatte es schon immer revolutionäre Umtriebe gegeben. Aber bisher hatte Targo es verstanden, mit Terror und brutaler Gewalt alle Widerstandsgruppen zu vernichten. Bis sich jetzt ein gewisser Kosta zum Anführer aller Widerstandsgruppen gegen die Regierung von Caribo erklärt hatte. Das Land schien am Rande einer Revolution zu stehen. Sabotageakte und Attentate waren an der Tagesordnung. Die Zeitungen in anderen Ländern begannen anzudeuten, daß die Regierungszeit des Präsidenten wohl bald zu Ende sei. Und El Presidente machte den Chef seiner Geheimpolizei für all das verantwortlich.

Targo hatte noch immer nicht herausgefunden, was Kosta eigentlich vorhatte. Dieser Mann war kein Patriot, sondern nichts als ein brutaler, primitiver Bandit. Seit Jahren schon waren er und seine Komplicen der Polizei ein Dorn im Auge. Kostas kleine Bande schlug jedesmal ganz plötzlich und immer an einem anderen Ort zu und verschwand mit ihrer Beute in den unwegsamen Dschungelbergen.

Aber Kosta als Banditenhäuptling war ein relativ harmloser Verbrecher gewesen — jedenfalls im Vergleich zu seiner jetzigen Aktivität als Rebellenführer. Dieser Kosta mußte also endlich unschädlich gemacht werden. Das hatte der Präsident seinem Chef der Geheimpolizei deutlich genug klargemacht.

Das war der Grund, weswegen Targo so ungeduldig auf einen bestimmten Telefonanruf wartete: auf den Anruf von Juan, seinem fähigsten Spitzel.

Vor sechs Monaten war es Juan geglückt, sich in Kostas Bande einzuschmuggeln. Inzwischen war er bis zum Unterführer und, nach Manolo, zu Kostas engstem Vertrauten aufgerückt. Das hatte zwar noch nicht zu Kostas Verhaftung und zur Sprengung der Bande geführt, aber Targo hatte jetzt erfahren, daß Kosta die Vorbereitungen für irgendeinen großen Coup traf. Juan hatte dem Chef der

Geheimpolizei auch eine Liste der Rädelsführer in die Hände gespielt.

Auf diese Liste fiel jetzt Targos Blick. Er las die Namen.

Kosta — — Manolo — — Estella Ramos — — Carlos Valdes — — Ken Derric — — Patrick O'Hara — — Colleen O'Hara.

Erst vor einigen Tagen hatte Juan die Liste mit den Namen der O'Haras ergänzt. Colonel Targo war überrascht gewesen. O'Hara schien viel Geld zu haben und keinen besonderen politischen Ehrgeiz. Was mochte ein Mann wie er sich von einer Verbindung mit Rebellen und Banditen versprechen?

Colonel Targo stand auf und durchquerte das Zimmer. Mataan, die Hauptstadt von Caribo, lag auf den Uferhängen, die eine schmale Meeresbucht umgaben. Das Steinmassiv der Festung del Rey ragte am Ende einer Landzunge empor und war an drei Seiten von Wasser umgeben. Durch ein Fenster sah Targo unter sich die Bucht, den winzigen Hafen und die See. Das andere Fenster bot freien Blick über einen großen Platz und die Dächer von Mataan.

Endlich schrillte das Telefon. Targo eilte an den Schreibtisch und nahm den Hörer des Telefons ab, dessen Geheimnummer nur wenigen Auserwählten bekannt war.

»Colonel«, sagte die vertraute Stimme. »Hier spricht Juan.«

»Ja?« sagte Targo eifrig. »Was gibt es Neues?«

»Kosta will sich mit O'Hara und den anderen treffen, um die letzten Vorbereitungen für den großen Plan zu treffen.«

»Wo wollen sie sich treffen? Und wann?«

»Ich weiß es noch nicht«, sagte Juan nervös. »Aber Kosta wird mich mitnehmen.«

»Das ist gut«, flüsterte Targo mit einem dünnen Lächeln.

»Sehr gut, Juan. Dann haben wir endlich einmal alle zusammen und können zupacken.«

»Es soll noch ein Neuer dabei sein«, berichtete Juan. »Ein Amerikaner. Manolo hat ihn geholt.«

»Sein Name?«

»Weiß ich noch nicht. Er ist irgendein Krimineller.«

»Hören Sie genau zu, Juan«, sagte Targo. »Sie wissen, worauf es ankommt. Ich will Kosta als ersten fassen. Aber natürlich die anderen auch. Setzen Sie sich mit mir in Verbindung, sobald sie den Treffpunkt kennen. Ich halte meine Leute bereit.«

»Ich verstehe, Colonel.«

»Es muß klappen, Juan. Ich habe dem Präsidenten von Ihnen erzählt. Wenn Sie Erfolg haben, wird er Sie persönlich auszeichnen.«

»Ich danke«, sagte Juan. »Ich melde mich.«

3

O'Hara erwachte frisch und gut gelaunt. Er sah das Licht der Morgensonne durch die Spalten der Bambusjalousie in das Schlafzimmer sickern, und ein Blick auf die Wanduhr zeigte ihm, daß er nur fünf Stunden geschlafen hatte. Aber er fühlte sich hell wach und gut ausgeruht.

Während er sich im Bett aufsetzte, fuhr er mit der Hand durch sein kurzgeschnittenes, sandfarbiges Haar, in das sich schon viele graue Strähnen mischten. Auch sein früher so sportlicher Körper hatte schon Altersfett angesetzt. Nur seine Kinnpartie und seine Augen verrieten noch die kühle, brutale Energie früherer Zeiten. Und heute fühlte Patrick O'Hara sich jung — jünger als seit vielen Jahren.

Er wandte den Kopf und sah Estella Ramos schlafend an seiner Seite liegen. Ihr schwarzes Haar lag fächerartig über das Kissen gebreitet. Sie war eine echte spanische Schönheit: mit heller Haut, gemmenhaft fein geschnittenen Gesichtszügen und üppigen Körperformen.

Als Geliebte war sie für O'Hara ein Erlebnis gewesen, wie es einem Mann selten beschert wird. Das war auch der Grund, weswegen er sich heute morgen so wohlfühlte.

Das — und das Bewußtsein, nach Jahren der langweiligen Passivität endlich wieder einen Coup zu starten — eine Aktion im alten Stil.

Als er Joey Clyde von draußen seinen Namen rufen hörte, schwang er sich eifrig aus dem Bett und trat an das große Fenster mit dem Blick auf die Terrasse und das

Schwimmbecken. Er hob die Bambusjalousie etwas an und blinzelte in das grelle Sonnenlicht.

Joey, das letzte lebende Erinnerungsstück an O'Haras große Zeiten in den Staaten, stand am anderen Ende des Schwimmbeckens, wo die geflieste Terrasse aufhörte und der Sandstrand begann. Lang und dürr, wie er war, wirkte er in seiner auffällig karierten Sportjacke und seinem hageren, faltigen Gesicht wie ein Vorstadtkomödiant. Aber es war an sich nichts Komisches an Joey Clyde. Sein Revolver im Schulterhalfter hatte vielen Gangstern das Leben gekostet.

»Sie kommen, Pat«, sagte Joey.

O'Hara spähte an Joey vorbei und über den kleinen Landesteg aufs Meer. Eine Jacht kam auf die einsam an der Küste liegende Villa zu.

»Willst du frühstücken?« fragte Joey.

»Später.« O'Hara sah Joey an. »Du bist früh auf den Beinen. Hast wohl auch die Langeweile satt?«

»Allmählich schon«, gab Joey zu.

»Es wird sich bald ändern«, antwortete O'Hara und wandte sich ins Zimmer zurück.

*

Sam Morgan stand in der Plicht, als Derric die Jacht an den Landesteg lenkte. Er beobachtete die beiden Männer auf dem Landesteg: O'Hara und den großen, hageren Burschen, der wachsam ein paar Schritt hinter ihm stand. Es war Morgan nicht schwergefallen, O'Hara nach alten Zeitungsfotos wiederzuerkennen. Piraten-O'Hara sah noch immer so zielstrebig und gefährlich wie früher aus.

Colleen O'Hara sprang vom Boot herunter und ging auf ihren Vater zu.

»Wie geht es, Kleine?« fragte er mit der rauhen Zärtlichkeit von Männern, die ihre Zuneigung zu Töchtern nicht zu offen zeigen möchten. »Hat es Schwierigkeiten gegeben?«

Sie schüttelte den Kopf.

»Nicht viel. Du wolltest mit ihm sprechen, und ich hab ihn geholt.« Sie ging an ihrem Vater und Joey vorbei und über die Terrasse auf die Villa zu.

Morgan trat auf den Landesteg.

»Holt jetzt Kosta und Juan«, befahl O'Hara in diesem Moment Derric und Manolo.

Manolo drückte das Heck des Bootes vom Landesteg weg, und Derric ließ die Maschinen im Rückwärtsgang laufen. Das Boot begann langsam rückwärts vom Landesteg wegzugleiten.

O'Hara wandte sich um und sah Morgan zum ersten Male voll an. Sie musterten einander einige Augenblicke schweigend. Morgans schäbige Kleidung störte O'Hara offenbar nicht. Er hatte gewußt, daß es Morgan nicht gut ging. Die Musterung galt nur Morgans Augen, und er schien in diesem Blick zu finden, was er erwartet hatte.

Als O'Hara schließlich sprach, lag ruhiger Respekt in seiner Stimme.

»Setzen wir uns in den Schatten«, sagte er. »Ich habe mich nie an diese verdammte Sonne hier gewöhnen können.«

Morgan warf Joey Clyde einen Seitenblick zu und folgte O'Hara über die Terrasse. Ein dunkelhaariger, hübscher Mann in einem weißen Anzug kam aus dem Haus. Er war ungefähr Mitte dreißig und von Durchschnittsgröße. Morgan bemerkte den Ausdruck von nervöser Unruhe in den intelligenten Augen.

»Ist das der Mann?« fragte der Fremde O'Hara mit einem ganz schwachen Anklang von spanischem Akzent.

»Ja, das ist er«, bestätigte O'Hara und wandte sich Morgan zu. »Dies ist Carlos Valdes. Er ist Lehrer in Mataan, der Landeshauptstadt, zweiundzwanzig Kilometer nördlich von hier.«

»Es freut mich, Sie kennenzulernen, Señor«, sagte Valdes höflich.

»Lassen Sie sich nicht davon beirren, daß er Lehrer ist«, sagte O'Hara. »Er gehört zu uns. Und er hat Mut. Eine Untergrundbewegung in der Hauptstadt von Caribo zu organisieren, ist nicht gerade eine angenehme Aufgabe.«

»Wir sind dankbar, daß Sie uns helfen wollen, Señor Morgan«, sagte Valdes. »Wie ich höre, sind Sie früher einmal mit dem Gesetz in Konflikt geraten. Was Sie hier tun, wird Sie rehabilitieren. Die Bevölkerung unseres Landes wird sich dankbar an Sie erinnern.«

»Wollen Sie jetzt nicht frühstücken?« sagte O'Hara zu Valdes. »Ich muß noch einiges mit Morgan besprechen, was Sie nicht interessieren wird.«

Valdes akzeptierte die Verabschiedung, ohne beleidigt zu sein. Er nickte Morgan zu und ging fort.

»Er spricht so viel, weil er Angst hat«, sagte Joey leise zu O'Hara, als Valdes im Haus verschwunden war.

»Ich weiß«, antwortete O'Hara. »Er wird froh sein, wenn er es hinter sich hat.«

Carlos Valdes war inzwischen durch den Torbogen ins Haus getreten. Nach ein paar Schritten blieb er stehen.

Es war schwer, mit diesen Amerikanern umzugehen, dachte er. Sich mit ihnen zu verbünden, war eine seltsame und ungewisse Affäre. Aber am Anfang waren sie notwendige Helfer für die große Sache. Ohne sie würde jeder Putschversuch zum Scheitern verurteilt sein.

Valdes stützte eine Hand an die Mauer und fuhr sich mit der anderen über die Augen. Beide Hände zitterten. Er fragte sich, ob die Amerikaner es bemerkt hatten. —

Draußen saß O'Hara in einem schmiedeeisernen Stuhl neben dem Schwimmbecken im Schatten einer Palmengruppe. Er deutete auf einen anderen Stuhl.

»Setzen Sie sich.«

Morgan setzte sich so, daß er O'Haras Leibwächter im Auge behalten konnte. Joey lehnte am Stamm einer Palme und schien völlig in den Anblick des Meeres versunken zu sein.

»Seien Sie vorsichtig mit dem, was Sie mir jetzt erzählen«, sagte Morgan ruhig. »Für den Fall, daß ich nicht mitmachen will.«

»Sie werden mitmachen«, antwortete O'Hara. »Ich hätte Sie nicht herholen lassen, wenn ich dessen nicht sicher gewesen wäre. Ich werde Sie nicht zwingen. Wir sind von Anfang an erledigt, wenn Sie nicht freiwillig Ihre ganzen Fähigkeiten einsetzen. Selbst dann ist es vielleicht eine unmögliche Aufgabe. Für Sie — oder jeden anderen. Es ist ein großer Coup. Ganz groß.« Er schwieg und sah Morgan erwartungsvoll an.

»Ich habe zu meiner Zeit einige große Kisten geknackt«, sagte Morgan beiläufig.

»Deshalb habe ich Sie auch ausgesucht«, antwortete O'Hara. »Aber einen solchen Coup haben Sie noch nie gestartet — keiner hat das. Und Sie werden auch soviel Geld wie noch nie in Ihrem Leben daran verdienen.«

O'Haras jugendlicher Eifer und seine Selbstsicherheit begannen auf Morgan Eindruck zu machen. Er spürte die erste Regung von erwachendem Interesse.

»Früher habe ich recht gut dabei verdient«, sagte er langsam.

»Sie haben noch nie hunderttausend Dollar bei einem Coup verdient.«

Morgan fühlte eine wachsende Erregung.

»Hunderttausend Dollar? Nur mein Anteil? Was wollen Sie ausrauben? Fort Knox?«

O'Hara grinste.

»So etwa's Ähnliches. Die Festung del Rey.«

»Wiederholen Sie das.«

»In der Festung hält der Diktator, der jetzt das Land regiert, seine persönliche Beute unter Verschluß«, erklärte O'Hara. »In einem wahren Ungetüm von einer Schatzkammer unter den Festungsverließen. Er hat Millionenwerte dort unten. Schätzungsweise allein zehn bis zwanzig Millionen in Gold. Wir brauchen Ihre Hilfe, um an das Zeug heranzukommen.«

»Jemand, der zehn bis zwanzig Millionen in seiner Privatschatulle hat, wird bestimmt dafür gesorgt haben, daß man es ihm nicht wegnehmen kann«, sagte Morgan nachdenklich.

»Aber es ist möglich«, erwiderte O'Hara. »Wenn wir Sie haben. Ich habe es genau durchdacht.« O'Hara machte eine beschwörende Geste. »Und noch etwas ist dabei, was Ihnen den Entschluß leichter machen wird. Sie vollbringen eine gute Tat. Der Bursche, dem das viele Geld gehört, ist eine heimtückische Laus von einem Diktator. Das Geld wird den Leuten zugute kommen, die sein Terrorregime stürzen und eine demokratische Regierung errichten wollen.«

»So?« sagte Morgan gedehnt. »Und was verdienen Sie dabei?« »Wenn die neue Regierung gebildet ist, bekomme ich die Spielkonzession für das ganze Land. Ich werde die kleine Republik in die größte Touristenfalle in der ganzen karibischen See verwandeln. Es wird großartiger werden als Kuba je war. Größer sogar als Las Vegas.«

Er stand auf, ging ein paar Schritte hin und her und blieb vor Morgan stehen.

»Die Einzelheiten erzähle ich Ihnen, wenn Sie sich entschlossen haben, mitzumachen. Denken Sie darüber nach. Inzwischen werde ich Ihnen Ihr Zimmer zeigen. Sie können sich baden und rasieren, und ich werde Ihnen ein paar anständige Kleidungsstücke besorgen.« Er lächelte Morgan an. »Damit Sie einen Vorgeschmack bekommen, wie es ist, wenn man wieder obenauf schwimmt.«

*

Vier Stunden später nahm die *Wanderlust* weit südlich von O'Haras Villa Kurs auf ein Sumpfgebiet an der Küste von Caribo. Der Sumpf schien ohne Leben zu sein, aber Derric und Manolo warteten. Minuten schleppten sich träge dahin. Dann glitt ein schmales Kanu fast lautlos aus dem Schilf heraus und auf die Jacht zu.

Zwei Eingeborene mit nackten Oberkörpern kauerten mit ihren Paddeln am Bug und Heck. Kosta und Juan saßen am Boden des Bootes. Die Paddler lenkten das Boot geschickt an die Seite der *Wanderlust*.

Juan kletterte als erster an Bord der Jacht. Er war groß und dunkelhäutig, kräftig gebaut, mit einer flachen Nase und sehr ruhigen Augen. Als Kleidung trug er wie Manolo nur ein paar geflickte Baumwollhosen. Eine Machete baumelte an dem Stück Seil, das er als Gürtel trug. In der Armbeuge hielt er ein Garand-Gewehr.

Kosta folgte Juan die Strickleiter hinauf. Er trug ein verblichen blaues Hemd, eine dunkle Baumwollhose und einen breitkrempigen Strohhut. Als Ergänzung zur Machete steckte an der anderen Seite ein Revolver in seinem Hosenbund, und er trug ein Browning-Repetiergewehr.

Kosta war mittelgroß, aber sehr breit gebaut, mit einem faßartigen Bauch und kurzen dicken Armen und Beinen. Seine linke Gesichtshälfte war durch eine lange weiße Narbe entstellt, die das eine Auge zerstört und seinem breiten Mund einen ständigen Ausdruck von finsterem Grollen gegeben hatte. Es war das Gesicht eines brutalen Halbwilden, aber der Blick des gesunden Auges verriet Schlauheit und wache Intelligenz.

Sobald die beiden Männer an Bord waren, stießen die Eingeborenen das Kanu von der Jacht ab und paddelten in das Schilf zurück.

Von der Schwebebrücke der Jacht schaute Derric auf Kosta hinab.

»Jetzt machen wir unseren großen Plan«, sagte Derric.

Alle hörten ihn. Aber nur Kosta verstand die Doppelsinnigkeit der Bemerkung. Denn es gab einen Teil des Planes — den wichtigsten Teil — den nur Kosta und Derric kannten.

4

Morgan mußte zugeben, daß es angenehm war, nach so langer Zeit wieder die Vorzüge eines luxuriösen Lebens zu genießen. Sein Schlafzimmer war modern möbliert und hatte Fliesenboden und mosaikgeschmückte Wände. Das angrenzende Badezimmer war sehr groß und verschwenderisch mit Becken, Nickelhähnen und riesigen Frottiertüchern ausgestattet.

Trotzdem sehnte sich Morgan nicht nach dieser Art von Luxus. Mit frischer Leibwäsche und einer neuen Hose am Körper lag er auf dem breiten Bett seines Gästezimmers und dachte über O'Haras Vorschlag nach. Das Geld würde es ihm ermöglichen, endlich den Traum seines Lebens zu erfüllen: eine eigene Jacht für Charterfahrten. Er wollte nichts als ein freier Mann sein, und ein freies Leben auf dem Meere führen.

Dieser Coup für O'Hara würde ihm das notwendige Kapital verschaffen — falls er am Leben blieb.

Er hatte genug von dem Dasein als Hafenstreuner — genug davon, auf die Großzügigkeit der Sportfischer und deren Anglerglück angewiesen zu sein — genug von den verwanzten Schlafquartieren und dem billigen Fuselwhisky. Plötzlich wußte er, daß er nicht mehr zu diesem Leben zurückkehren würde. Er wußte, was er jetzt wollte, und er hatte die Möglichkeit, es sich zu verschaffen.

Als Morgan seine Entscheidung getroffen hatte, fühlte er sofort das leise Nagen einer nervösen Unruhe. So war es bei ihm immer vor einem neuen Coup gewesen.

Er richtete sich vom Bett auf. Die Luft im Zimmer kam ihm mit einem Male stickig vor, und er öffnete die Jalousietür, die in einen Patio führte. Bäume und Vordächer schufen hier angenehme Kühle.

Jenseits des Innenhofs wurde eben die Bambusjalousie hinter einem Türfenster hochgezogen. Die schwarzhaarige Frau am Fenster hatte nur ein leichtes Nachtgewand an. Als sie Morgan bemerkte, wurde sie nicht verlegen. Sie starrte ihn nur eine Weile neugierig an und ließ dann die Jalousie wieder herabrasseln.

In diesem Moment sagte eine Mädchenstimme neben Morgan:

»Sie können sie sich anschauen. Aber kommen Sie nicht auf dumme Ideen. Estella gehört meinem Vater.«

Morgan blickte zur Seite und sah Colleen mit einem Buch im Schoß im Schatten eines Baumes in einem Liegestuhl ausgestreckt. Er zog eine Zigarette aus der Hemdtasche und zündete sie an.

»Wo ist Ihr Vater?«

Colleen deutete auf das offene Ende des Innenhofs.

»Er frühstückt.«

Morgan sog an seiner Zigarette und betrachtete das Mädchen. Unter der ruhigen Oberfläche spürte er in ihr verhaltene Leidenschaft — eine schwelende Glut, die leicht zu lodernder Flamme entzündet werden konnte.

»Sie wohnen hier die ganze Zeit?« fragte er.

»Nein. Gewöhnlich bin ich in Mataan. Es hat sich dort eine kleine angelsächsische Kolonie gebildet. Emigranten aus den Staaten, England und Südamerika. Es ist recht unterhaltsam. Aber mein Vater wollte, daß ich jetzt einige Tage hierbleibe.«

»Ich meine, ob Sie die ganze Zeit über in Caribo gelebt haben?«

»Ich bin jetzt erst sechs Monate hier. Das Leben in den Staaten war so langweilig, daß ich es zur Abwechslung einmal hier versuchen wollte. Aber hier ist es auch nicht viel interessanter.«

Morgan kannte diese snobistische Haltung. Er hatte in seinen guten Tagen und auch bei den Charterfahrten Leute kennengelernt, die aus dem Gefühl der Langeweile eine Art Kult entwickelt hatten.

»Sie sind noch ziemlich jung, um das Leben schon so langweilig zu finden«, sagte er.

»Mag sein«, gab sie zu. »Aber es ist einfach so. Als ich noch ins College ging, schwärmten manche Mädchen für eine Karriere, und andere verschrieben sich der Wohltätigkeitsarbeit. Ich selbst habe keine Berufung irgendeiner Art verspürt.« Sie lächelte matt. »Vater möchte mich am liebsten verheiraten. Nach seiner primitiven Denkweise ist das die Lösung für alle Probleme.«

»Jedenfalls ist es eine normale Idee.«

»Gewiß«, bestätigte sie. »Es ist eine Idee. Aber wen sollte ich heiraten? Das Leben mit meinem Vater hat mich für eine normale Ehe verdorben. Die netten Männer sind mir nicht hart genug. Und die Hartgesottenen finde ich nicht nett. Nachdem ich mich mein ganzes Leben lang gegen einen brutalen Charakter, wie mein Vater ihn hat, durchsetzen mußte, würde jeder normale, nette Ehemann bei mir sofort unter den Pantoffel geraten.«

»Sie scheinen Ihren Vater nicht sehr gern zu haben.«

»Verlangt man von mir, daß ich einen Gangster liebe, nur weil er zufällig mein Vater ist? Ich bin mit ihm aufgewachsen. Ich weiß, wie er ist. Ich müßte blind und taub sein, wenn ich es nicht gemerkt hätte.«

»Was würde Ihre Mutter davon halten?«

»Ich weiß nicht«, sagte sie mit einem Beiklang von Erbitterung. »Sie starb, als ich sechs Jahre alt war. Die Schwester meines Vaters hat mich großgezogen. *Sie* hat ihn gern gehabt.«

»Ich verstehe.«

»Wirklich? Versuchen Sie nicht, mich zu psychoanalysieren, Morgan. Das ist bereits getan worden. Von einem Fachmann. Bleiben Sie in Ihrem Fach.« Sie warf ihm einen herausfordernden Blick zu. »Sagen Sie: macht das Geldschrankknacken Ihnen Spaß?«

»Es ist vorbei«, antwortete Morgan ruhig.

Er ließ die Zigarette auf den Fliesenweg fallen und zerdrückte sie unter dem Absatz.

»Was halten Sie von der Sache, deretwegen Ihr Vater mich hat herholen lassen?« fragte er dann.

Sie zuckte mit den Schultern.

»Ich weiß nicht viel davon. Außer, daß es darum geht, den Präsidenten zu stürzen. Jedenfalls will Carlos Valdes das. Und Valdes gefällt mir.«

»Der Lehrer?«

Sie nickte.

»Ich hoffe nur, ihr anderen haltet ihn nicht zum Narren. Carlos ist ein ziemlich harmloser Junge — und gegen solche Burschen wie Sie und Derric hat er keine großen Chancen.«

Schritte kamen von der Terrasse her. Morgan wandte den Kopf und sah Joey Clyde heranschlendern.

»Pat will dich sprechen«, sagte Joey.

Colleen sah Morgan gedankenvoll nach, als er Joey Clyde am Schwimmbecken vorbei zum anderen Ende des Innenhofs folgte.

O'Hara saß in der großen modernen Küche über einem Frühstück aus Rühreiern mit Speck und einem Glas Sekt dazu. Er schaute auf, als Morgan und Joey eintraten.

»Haben Sie Hunger?« fragte er.

»Ja«, sagte Morgan. »Aber das kann warten.« Er setzte sich O'Hara gegenüber und sah ihn an. »Erzählen Sie mir mehr von dem Coup.«

Ein schwaches Lächeln spielte um O'Haras Mundwinkel.

»Wollen Sie also mitmachen?«

»Ja«, sagte Morgan fest.

O'Hara schob eine Gabel voll Rührei in den Mund und kaute langsam.

»Ich habe noch nie mit einem Geldschrankknacker zusammengearbeitet«, sagte er. »Sie müssen mich fragen, was Sie wissen wollen.«

»Ich muß alles wissen«, antwortete Morgan. »Es ist ungefähr wie bei einem Chirurgen, der eine Operation vorhat. Je mehr er über seinen Patienten weiß, um so besser für ihn.«

O'Hara legte die Gabel aus der Hand und trank einen Schluck Sekt.

»Also folgendes«, begann er. »Diaz — der Diktator, der dieses Land beherrscht — hat ein riesiges Vermögen in seiner privaten Schatzkammer unter der Festung del Rey angesammelt. Diese Festung steht auf Felsgrund am Ende der Bucht von Mataan. Alte Kasematten sind in den Felsen gehauen, und unter diesen Kasematten hält Diaz seinen Schatz verborgen.«

»Wie ist der Zugang zu dieser Schatzkammer?«

»Ich weiß es nicht genau. Es ist ein Kombinationsschloß irgendeiner Art, und soviel ich gehört habe, eine sehr schwierige Angelegenheit. Diaz hat es vor zehn Jahren bei einer Spezialfirma in den Staaten herstellen lassen. Ich weiß nur, daß das Schloß so konstruiert ist wie bei den Panzertüren von Fort Knox.«

Morgan kratzte sich bedenklich am Kinn.

»Wenn die Panzertür so ist, wie ich sie mir vorstelle, kümmere ich mich am besten gar nicht darum, sondern konzentriere mich auf einen Durchbruch an anderer Stelle. Aber das würde sehr lange dauern, und ich kann mir nicht vorstellen, daß ich in der Festung ungestört übers Wochenende arbeiten könnte — wie etwa in einer Bank. Und wie wollen Sie mich in die Festung bekommen und mir die Zeit verschaffen, die ich brauche?«

»Das ist die Aufgabe von Kosta und Valdes. Wie lange werden Sie brauchen?«

»Es könnte zwei Tage dauern«, sagte Morgan.

»Wollen Sie mich zum Narren halten?« fragte O'Hara gefährlich leise.

Morgan schüttelte den Kopf.

»Ich könnte es vielleicht in kürzerer Zeit tun. Aber man kann es nicht genau abschätzen. Dazu müßte ich erst wissen, wie die Panzertüren konstruiert sind und ob ich irgendwie an der Seite vorbei kann.«

O'Hara erkannte, daß Morgan ernsthaft sprach.

»Soviel Zeit wie bei einem Bankeinbruch übers Wochenende haben Sie diesmal bestimmt nicht«, sagte er. »Darüber müssen Sie sich klar werden. Angenommen der erste Teil geht glatt: wir überwältigen die Bewachung und schleusen Sie in die Festung. Dann wird innerhalb von fünf Minuten Diaz' Armee die Festung zu erstürmen versuchen. Wir könnten sie so lange wie möglich hinhalten, aber — —«

»Wenn die Armee die Festung umzingelt, wie sollen wir dann mit der Beute hinauskommen?« fragte Morgan.

»Die Armee kann nur von einer Seite an die Festung heran«, erklärte O'Hara. »Von drei Seiten ist die Festung von Felsklippen und Wasser umgeben. Die einzige Marineeinheit, die das Land besitzt, ist ein altes Kanonenboot im Hafen. Wir werden das Boot aktionsunfähig machen, bevor der Coup gestartet wird. Und Derric wird unsere Jacht von hinten an die Festung heranbringen, damit wir auf diese Weise die Beute abtransportieren können.«

»Und wieviel Zeit steht mir im äußersten Falle zur Verfügung?« fragte Morgan.

»Wie soll ich das wissen? Unsere Leute werden die Festung so lange wie möglich zu halten versuchen. Und Sie müssen so schnell wie möglich arbeiten. Wir können nur hoffen, daß Ihnen der Durchbruch in die Schatzkammer rechtzeitig gelingt und wir die Beute auch noch fortschaffen können.«

»Wie lange?« wiederholte Morgan hartnäckig. »Sie müssen sich doch die Chancen schon vorher ausgerechnet haben.«

O'Hara seufzte.

»Es ist nur eine grobe Schätzung. Ich habe mir ausgerechnet, daß wir die Festung ungefähr vier bis fünf Stunden verteidigen könnten.« Er sah Morgan gespannt an. »Könnten Sie es in der Zeit schaffen?«

Morgan schätzte kühl und realistisch die Möglichkeiten ab — soweit ihm die Tatsachen bekannt waren. Er stellte dabei in Rechnung, daß er nicht leise arbeiten mußte und daß dies sein Vorhaben erleichtern würde.

»Vielleicht ist es zu machen«, sagte er.

»Es muß gehen«, sagte O'Hara. »Jedenfalls werden wir es auf alle Fälle versuchen. Und mehr Zeit haben Sie nicht. Sie müssen zusehen, wie Sie damit zurechtkommen.«

Morgan lehnte sich im Stuhl zurück und betrachtete seine Hände, von deren Geschicklichkeit bei dieser Aufgabe vielleicht sein Leben abhängen würde.

»Haben Sie eine Lageskizze der Festung?« fragte er ruhig.

O'Hara nickte.

»Ja. Valdes hat eine für uns gezeichnet. Es ist eine sehr alte Festung. Er hat die Pläne davon in irgendeinem Buch gefunden.«

»Die Zeichnung brauche ich, um genau auszuarbeiten, wie wir in die Festung hinein- und wieder herauskommen.«

O'Hara runzelte die Stirn.

»Das ist nicht Ihre Aufgabe. Kosta und ich sorgen dafür, daß Sie unten an die Schatzkammer herankommen. Ihre Aufgabe ist nur, sie aufzusprengen.«

»Es gehört alles zu meiner Aufgabe«, widersprach Morgan mit ruhiger Bestimmtheit. »Von Anfang bis zu Ende. Sonst mache ich nicht mit. Ich habe mich noch nie auf einen Plan eingelassen, mit dem ich nicht in jeder Einzelheit einverstanden gewesen bin.«

Sie kämpften kurze Zeit mit den Blicken gegeneinander. Dann grinste O'Hara plötzlich.

»Sie sind tüchtiger, als ich gedacht hätte«, sagte er anerkennend. »Also gut, ich werde Ihnen die Planskizze besorgen.« Er stand auf. »Wollen Sie jetzt Rühreier essen? Joey ist für solche Gerichte ein guter Koch.«

Morgan nickte. O'Hara verließ die Küche.

Joey Clyde trat an den Herd und begann Eier in eine Pfanne zu schlagen. Morgan beobachtete ihn, ohne ihn richtig zu sehen. Sein Blick war nach innen gerichtet.

Die kurze Zeitspanne, die ihm zur Verfügung stand, würde diesen Coup zu der schwierigsten Aufgabe machen, die er je bewältigen mußte. Die ersten Vorzeichen der Angst begannen ihm zuzusetzen. Morgan kannte das Gefühl. Es gab nur ein Gegenmittel: sich ganz und gar auf die

Einzelheiten der Aufgabe zu konzentrieren und jeden Gedanken an Gefahr aus dem Bewußtsein zu verdrängen.

*

Draußen auf der Terrasse ging O'Hara auf seine Tochter zu. Sie schaute von ihrem Buch auf.

»Na, wie macht sich dein Geldschrankknacker?« fragte sie ironisch.

»Recht gut.«

O'Hara schaute auf seine Tochter hinab und wählte die Worte so vorsichtig wie möglich. Sie war neuerdings schwierig zu behandeln. Er wollte die Kluft nicht verbreitern, die sich zwischen ihnen aufgetan hatte.

»Es wird jetzt wieder etwas Bewegung in unser Leben kommen«, fuhr er fort. »Es dürfte besser sein, wenn du in die Staaten zurückkehrst.«

»Ich verstehe«, sagte sie langsam. »Nachdem ich dir deinen Geldschrankknacker hergeschafft habe, bin ich nicht mehr nützlich.«

»Das hat gar nichts damit zu tun«, sagte er hastig. »Ich will nur, daß du in Sicherheit bist.«

Sie lachte mit einem Beiklang von spöttischer Bitterkeit.

»Du willst damit sagen, daß ich dir von jetzt an nur hinderlich bin und daß du mich deswegen los sein möchtest. Wann hättest du dir schon je Gedanken über meine persönliche Sicherheit gemacht? Du hast so viele Menschen deinen eigenen Zielen geopfert —«

»Bei dir ist es etwas anderes«, unterbrach er sie. »Du bist meine Tochter.«

»Spiel mir gegenüber nur nicht den liebenden Vater«, antwortete Colleen scharf. »Das paßt irgendwie nicht zu dir.«

Er hätte ihr gern klar gemacht, was er für sie empfand. Aber statt dessen sagte er nur:

»Ach, zum Teufel damit«, und wandte sich ärgerlich ab.

5

Es war dunkel, als die *Wanderlust* ankam. Die Jacht fuhr ohne Positionslichter. Wie ein Schatten glitt sie über das Wasser dahin, und die drei Männer auf O'Haras Landesteg erspähten sie nur, weil sie das Boot erwarteten.

Wenn Kosta für kurze Zeit aus der Sicherheit seiner Dschungelschlupfwinkel hervortauchte, bewegte er sich mit äußerster Vorsicht. Und wo Kosta mit Männern zusammentraf, erteilte er die Befehle.

Derric hatte auf Kostas Anweisung die Maschinen gestoppt, und das Boot glitt lautlos an den Landesteg. Die Backbordseite des Bugs stieß gegen die Gummipuffer. Morgan fing das Halteseil und schlang schnell Schlinge und Knoten um den Pfosten. Derric sprang auf den Steg und vertäute das Heck des Bootes.

Carlos Valdes stand dicht hinter O'Hara und spähte in die Plicht der Jacht. Er war neugierig auf Kosta, diesen Banditen, von dem er schon soviel Schlechtes gehört hatte, aber auch vieles, was die Rettung ihres Landes bedeuten konnte.

Juan stieg mit als erster mit schußbereitem Gewehr aus der Plicht. Dann folgte Kosta mit seinem Browning-Automatic-Gewehr und als letzter Manolo. Es gab kein Händeschütteln oder sonstige Begrüßungszeremonien. Dafür war bei diesen gefährlichen Geschäften keine Zeit.

»Es ist nichts zu befürchten«, sagte O'Hara zu Kosta auf Spanisch. »Keiner weiß, daß ihr hier seid. Und Joey Clyde hält an der Straße Wache. Er bleibt dort, bis ihr geht.«

»Ich bleibe nicht lange«, sagte Kosta. »Bei Tagesanbruch will ich wieder bei meinen Leuten sein.«

Er wandte sich Manolo zu und befahl ihm, die Umgebung des Hauses zu erkunden.

Als Manolo lautlos in der Dunkelheit verschwand, sagte O'Hara ruhig:

»Falls Joey Clyde ihn in der Dunkelheit herumschleichen sieht, könnte es passieren, daß er ihn erschießt, bevor er ihn erkannt hat.«

Kosta stieß ein kurzes, hartes Lachen aus.

»Wenn Manolo sich von deinem Mann sehen läßt, verdient er es nicht anders.«

Morgan verstand genug Spanisch, um den Wortwechsel zu begreifen. Und er fühlte die Spannung und Wachsamkeit der beiden Männer. Es war wie in den alten Zeiten vor der Syndikate, wenn zwei Gangster eine Partnerschaft eingingen, ohne je die mißtrauische Wachsamkeit gegeneinander zu verlieren. Morgan hatte gesehen, wie O'Hara sein Schulterhalfter mit dem 32er-Colt angelegt hatte, bevor sie zum Steg hinuntergegangen waren.

O'Hara wandte sich zum Haus zurück, und Morgan und Derric folgten ihm. Carlos Valdes schloß sich ihnen nach einem kurzen Augenblick des Zögerns an. Kosta wartete, bis die Gruppe weit genug vor ihm war, ehe er mit Juan folgte.

O'Hara hatte Estella und Colleen eingeschärft, in ihren Zimmern zu bleiben, bis die Zusammenkunft beendet war.

Estella wußte nichts von dem geplanten Coup, und Colleen auch nur wenig. Es war am besten so. Je weniger Menschen in die Pläne eingeweiht waren, um so größer waren die Chancen der Geheimhaltung.

Auf dem Weg ins Haus warf Juan einen verstohlenen Blick auf das Telefon in der Küche. Hier bot sich die Möglichkeit, sich die ewige Dankbarkeit des Präsidenten zu erwerben. Wenn er Colonel Targo rechtzeitig benachrichtigen konnte, würde man all die Banditen und Revolutionäre hier auf einen Streich erwischen, und es wäre sein Verdienst. Mataan war nur zweiundzwanzig Kilometer entfernt. Es würde vielleicht nie wieder eine solche Chance wie diese geben. Aber er mußte vorsichtig sein — sehr vorsichtig.

Manolo tauchte lautlos aus der Nacht hervor und berichtete Kosta, daß er nichts Verdächtiges bemerkt hatte. Kosta entspannte sich etwas, aber er hielt noch das Gewehr in seinen klobigen, zernarbten Händen, als O'Hara die Männer in sein holzgetäfeltes Herrenzimmer mit der Ebenholzbar und dem Kamin führte.

O'Hara ließ die Jalousie herunter und setzte sich in seinen ledergepolsterten Drehsessel hinter dem Schreibtisch. Die anderen ließen sich in die Bambussessel rings um den Schreibtisch sinken. Bis auf Manolo, der sich neben der Tür an die Wand lehnte, und Juan, der am Fenster stehenblieb.

Kosta saß mit dem Gewehr über den Knien steif am Rande des Sessels und sah die beiden Männer an, die er nicht kannte.

»Das ist der Geldschrankknacker, von dem ich dir erzählt habe«, stellte O'Hara auf Spanisch vor. »Sein Name ist Morgan. Ich habe ihm schon gesagt, was er zu tun hat.«

Kosta musterte Morgan prüfend mit seinem schlauen,

eigentümlich stechenden einäugigen Blick. Morgan betrachtete das narbige Gesicht des Banditen ebenso ungeniert. Er hatte mit einem Male ein optimistisches Gefühl hinsichtlich des Gelingens ihres Plans. Es steckte etwas in diesem Kosta, was er sofort erkannte. Bei manchen Offizieren und Unteroffizieren des Marinekorps hatte Morgan diese männlichen Qualitäten festgestellt — bei manchen, nicht bei vielen. Wer diese Qualitäten hatte, dem folgten die anderen Männer bedingungslos, wohin er sie auch führte.

»Du siehst so aus, als verstehst du etwas von deiner Arbeit«, sagte Kosta schließlich. »Ich denke, du wirst mit der Sache schon fertig werden.«

Morgan grinste, und Kosta erwiderte das Grinsen überraschenderweise. Es war eine seltsame Art von Mienenspiel, wobei sich fast nur die eine Gesichtshälfte bewegte, während die vernarbte Seite mit dem blinden Auge fast reglos blieb.

»Und das ist Carlos Valdes«, sagte O'Hara. »Er wollte dich unbedingt kennenlernen.«

Kosta drehte langsam den Kopf wie eine Schildkröte und heftete den Blick seines einen Auges auf Valdes. Es war ein unheimliches Erlebnis für Valdes. Er fühlte, wie sich etwas in ihm zusammenkrampfte. Es war kein Gefühl von Furcht — sondern die beunruhigende Gewißheit, daß dieser einäugige Mann in seinem Innern las wie in einem offenen Buch.

Als Kosta schließlich sprach, waren seine Worte eine Bestätigung von Valdes' Befürchtungen.

»Du siehst mir zu weich aus«, sagte Kosta nur.

Valdes wurde rot und suchte verzweifelt nach einer Antwort. Er hatte recht gehabt. Kosta konnte in seinem Innern lesen. Ein Jahr lang hatte Valdes jetzt als Führer der Widerstandsbewegung in Mataan gearbeitet. Aber bisher war es zu nichts anderem als zu endlosen Unterredungen bei geheimen Zusammenkünften gekommen.

Hier saß er nun einem Manne gegenüber, der brutale Taten von ihm verlangte. Und der Verdacht, daß Kosta ihn durchschaut hatte, daß er sich bei der Mutprobe als Feigling erweisen könnte, entsetzte Valdes.

»Du wirst feststellen, daß ich im entscheidenden Augenblick genug Mut habe«, hörte Valdes sich schließlich mit spröder, ihm fremd klingender Stimme sagen.

Die Feststellung schien auf Kosta wenig Eindruck zu machen.

»All ihr Männer aus der Stadt seid zu weich. Ihr redet und redet und redet — aber ihr könnt nicht handeln. Ihr schaut zwar über eure intelligenten Nasen auf mich primitiven Waldaffen herab. Aber ich kann wenigstens handeln — und kämpfen.«

»Meine Leute in der Stadt werden auch kämpfen, wenn die Zeit gekommen ist«, erwiderte Valdes. »Sie wissen, wofür sie kämpfen. Sie sind auch bereit, dafür zu sterben.«

»So? Wozu braucht ihr mich dann? Ich kann nicht viele Männer bei dem Kampf einsetzen — nicht mehr als fünfzehn. Ihr in der Stadt habt viel mehr. Warum führst du sie nicht?«

»Weil sie mir nicht folgen würden«, erklärte Valdes, und er wunderte sich, daß seine Stimme jetzt fester klang. »Ich habe Männer noch nie in einen Kampf geführt. Weshalb sollten sie mir also ihr Leben anvertrauen? Du hast diese Kampferfahrung. Seit Jahren hast du dich mit deinen Männern erfolgreich gegen Colonel Targos Geheimpolizei und die ganze Armee des Präsidenten zur Wehr gesetzt. Meine Männer hätten Vertrauen, wenn du uns führen würdest. Viele würden sich noch zusätzlich unserer Bewegung anschließen, und es wären bestimmt gute Kämpfer dabei.«

»Das verlange ich auch«, sagte Kosta brutal. »Ich schieße jeden nieder, der mich enttäuscht. Sag das deinen Stadtleuten.«

»Sie kennen deinen Ruf«, antwortete Valdes.

Während dieses Wortwechsels hatte Juan immer wieder an das Telefon in der Küche denken müssen. Wie konnte er unbemerkt an dieses Telefon herankommen? Und zwar bald. Damit Colonel Targo noch Zeit hatte, herzukommen, bevor Kosta wieder fort war.

Juan hatte plötzlich einen Einfall. Er drehte sich zur Seite, hob einen Jalousiesteg etwas an und spähte in die Dunkelheit hinaus.

Kosta griff sofort nach dem Gewehr auf seinen Knien.

»Was ist los?« fragte er.

Juan ließ die Jalousie los und wandte sich ins Zimmer zurück.

»Ich dachte, ich hätte etwas gehört«, sagte er mit einem Schulterzucken. »Aber es war wohl nur der Wind.« Er zwang sich dazu, Kostas starren Basiliskenblick zu erwidern. »Mir gefällt das nicht. Wir alle hier drin. Jemand könnte im Dunkeln ans Fenster schleichen und dich erschießen, ehe ich überhaupt weiß, was los ist. Ich sollte lieber draußen Wache halten.«

Kosta dachte darüber nach und nickte schließlich.

»Du hast recht. Halte draußen vor dem Fenster Wache.«

Juan hatte Mühe, sein Triumphgefühl zu unterdrücken. Er durchquerte schnell das Zimmer und ging an Manolo vorbei durch die Tür.

»Kommen wir jetzt also zum Geschäft«, sagte O'Hara, als Juan die Tür hinter sich geschlossen hatte. »Wenn wir hier fertig sind, fährst du, Valdes, in die Stadt zurück und bereitest deine Leute auf den Angriff auf die Festung vor.« Er wandte sich Kosta zu. »Und du bringst deine Männer in die Stadt, wenn die Zeit gekommen ist. Valdes und seine Anhänger werden ihnen Unterschlupf gewähren, bis der Angriff gestartet wird.«

»Ich komme erst eine Stunde vor dem Angriff nach Mataan«, erklärte Kosta bestimmt. »Nicht früher. Es gibt zu viele Spitzel in der Stadt.«

»Morgan hat unseren Angriffsplan mit Valdes und mir durchgesprochen«, wandte O'Hara ein. »Er hat da einige neue Ideen entwickelt. Ziemlich gute Ideen, wie mir scheint.«

Kosta warf Morgan einen überraschten Blick zu.

»Aber du kennst die Situation in Mataan doch nicht so gut wie ich?«

»Valdes müßte sie am besten kennen«, antwortete Morgan. »Er hat mir alles erklärt.«

Kosta warf Valdes einen geringschätzigen Blick zu.

»Und was weißt du von Kämpfen?«

»Ich habe mich auf diesen Tag vorbereitet«, sagte Valdes gepreßt. »Ich habe die besten Bücher über Militärtaktik gelesen und —«

Kostas erbarmungsloses Lachen schnitt ihm das Wort ab.

»Aus Büchern willst du lernen, wie man eine Schlacht führt? Das ist zu komisch.« Sein Lachen ging in ein bösartiges Grollen über. »Ich will dir sagen, wie man einzig und allein das Kämpfen lernt: vom Kämpfen.«

Morgan lachte leise.

»Wir wissen alle, daß du viele Kämpfe geführt hast, Kosta«, sagte er ruhig. »Ich habe auch gekämpft — in zwei Kriegen — und gegen schlimmere Gegner, als du je gehabt hast. Ich werde diese Schatzkammer nicht aufsprengen, wenn nicht die ganze Aktion richtig durchdacht und geplant ist. Willst du mir jetzt also zuhören, oder wollen wir die Sache fallenlassen?«

Kosta zuckte mit den Schultern.

»Ich höre«, sagte er, aber sein Auge funkelte zornig.

*

In der Küche zögerte Juan mit der Hand am Telefon.

Colonel Targo hatte ihm befohlen, herauszufinden, was Kosta und O'Hara planten. Es würde seinen Triumph noch größer machen, wenn er dem Colonel diese Information geben könnte. Die kleine Verzögerung mußte er riskieren. Er brauchte sich ja nicht das ganze Gespräch anhören – nur das Notwendigste.

Juan trat vom Telefon weg und ging in die Nacht hinaus. Nahe an der Mauer schlich er ums Haus herum bis zum Fenster von O'Haras Herrenzimmer. Wenn er sich dicht an die Jalousie stellte, konnte er jedes Wort verstehen.

Morgan sprach jetzt mit Kosta.

»Das dicke hölzerne Tor in der Vordermauer ist für uns der einzig mögliche Zugang zur Festung del Rey. Da bin ich mit dir einig. Und deine Idee, das Tor mit einem Lastwagen zu rammen und einzudrücken, ist an sich auch gut. Aber sie ist gleichzeitig zu gefährlich. Die Maschinengewehre in den Türmen beiderseits des Tors würden die Hälfte von uns niedermähen, ehe wir überhaupt im Innern der Festung sind.«

»In allem, was wir dort tun, liegt Gefahr«, sagte Kosta mit schlecht verhehlter Ungeduld.

»Ja«, stimmte Morgan zu. »Aber wir müssen die Gefahren ausschalten, die sich mit möglichst geringem Risiko beseitigen lassen. Je mehr Männer wir lebend in die Festung bekommen können, um so länger können wir in den entscheidenden Minuten Diaz' Soldaten Widerstand leisten. Stimmt das?«

Kosta zuckte mit den Schultern und sagte nichts.

»Es besteht eine Möglichkeit, unseren ursprünglichen Plan durchzuführen und trotzdem ohne allzu große Verluste in die Festung zu kommen«, fuhr Morgan fort.

Morgan erklärte in kurzen Worten den taktischen Plan, den er ausgearbeitet hatte. Während er sprach, beugte sich Kosta im Sessel vor und beobachtete Morgan mit wachsendem Interesse. Als Morgan schwieg, dachte Kosta noch kurze Zeit nach. Dann nickte er langsam.

»Der Plan ist gut«, sagte er ohne Umschweife.

»Bis jetzt habe ich nur einen Teil davon erklärt«, sagte Morgan. »Den Teil, wo es um die Aushebung der Maschinengewehrnester in den Türmen geht. Aber wenn wir das Tor eingedrückt haben, sind wir noch längst nicht richtig in der Festung. Der Torweg ist schmal, und in der Festung dürfte eine Garnison von siebzig bis achtzig Mann mit Gewehren und Handgranaten sein. Wenn die uns nur zehn Minuten hinhalten können, haben wir die ganze Besatzung von Schloß Brogada im Rücken.«

Kosta nickte und sah Morgan gespannt an.

»Und was hast du dagegen für eine Medizin?« fragte er.

Morgan wischte sich die feuchten Handflächen an den Knien ab.

»Das Hauptproblem scheint mir darin zu liegen, in die Festung zu kommen, bevor eine Armee-Einheit von der anderen Seite der Stadt eintreffen kann. Wir könnten viel schneller und leichter in die Festung kommen, wenn wir nicht die gesamte Festungsgarnison gegen uns hätten. Angenommen, wir könnten es erreichen, daß die Besatzung, wenn wir zuschlagen wollen, außerhalb der Festung ist — und zwar in angemessener Entfernung.«

»Und wie willst du sie herauslocken?«

Morgan sah Valdes an.

»Erzähl es ihm.«

»Einige Mitglieder meiner Untergrundorganisation arbeiten am Hafen«, erklärte Valdes. »Sie haben erfahren, daß heute in einer Woche ein Frachtschiff aus den Vereinigten Staaten ankommt. An Bord sind Waffen und Munition, die Diaz gekauft hat. Das meiste davon wird natürlich für die Besatzung von Schloß Brogada bestimmt sein. Aber eine Wagenladung soll zur Festung del Rey gehen. Mit je einem Jeep voller Soldaten als Vor- und Nachhut.«

Kosta erfaßte sofort die Möglichkeiten dieser Situation. Ein wissendes Lächeln spielte um seinen Mund. Er hörte weiter aufmerksam zu und ergänzte dann den Plan noch mit eigenen, sehr wirkungsvollen Ideen.

*

Draußen im Dunkeln nickte in diesem Moment Juan mit grimmiger Zufriedenheit vor sich hin. Er hatte genug gehört. Lautlos schlich er ums Haus herum und in die Küche zurück. Sein Herz klopfte schwer und hart, als er sein Gewehr auf den Tisch legte.

Im Herrenzimmer sagte O'Hara eben:

»Es bleiben aber immer noch einige Einzelheiten, die wir klären müssen.« Er sah Morgan an. »Zum Beispiel, was wir mit dir machen, während dies alles im Gange ist. Wir können es nicht riskieren, daß eine verirrte Kugel dich trifft. Du bist zu wertvoll für uns.«

Valdes mischte sich ins Gespräch.

»Señor Morgan könnte in der Kathedrale an der einen

Seite des Platzes Zuflucht suchen, bis wir die Festung erstürmt haben.«

»Das ist eine Idee«, sagte O'Hara und sah Morgan an. »Auf diese Weise bist du sicher aufgehoben.«

Morgan grinste.

»Nicht für lange Zeit«, gab er zu bedenken. »Falls irgendwelche Armee-Einheiten den Platz erreichen, während ich noch in der Kirche sitze, dann bin ich von der Festung abgeschnitten.«

O'Hara dachte darüber nach und nickte.

»Wir müssen dir rechtzeitig ein Signal geben«, bestätigte er. »Aber auf alle Fälle mußt du in Deckung bleiben, bis — —«

O'Hara hielt plötzlich mitten im Satz inne. Aus dem Augenwinkel hatte er etwas Alarmierendes gesehen. Er wandte den Kopf und starrte auf das Telefon. Einer von den Plastikknöpfen unter der Wählerscheibe leuchtete auf.

O'Hara richtete sich schnell auf und stieß seinen Sessel zurück.

»Das Telefon —«, flüsterte er und sah Kosta an. »Jemand benutzt das Telefon in der Küche —«

In der Küche stand Juan mit dem Hörer am Ohr und flüsterte hastig in die Sprechmuschel.

»— — jawohl, Colonel — — Kosta ist in O'Haras Haus — — Sie sind alle vor — —«

Er hielt jäh inne, als er hinter sich ein Geräusch hörte. Mit dem Hörer in der Hand fuhr er herum.

O'Hara und Kosta standen an der Tür. Der Amerikaner hatte einen kurzläufigen Revolver in der Hand, Kosta sein Gewehr.

Juan ließ den Hörer fallen und griff nach seiner auf dem Küchentisch liegenden Waffe.

Zu spät!

Kostas vernarbtes Gesicht war eine groteske Maske des Zorns, als er den Abzughebel drückte. Das Repetiergewehr stieß in seiner Hand, während der Feuerstoß aus der Mündung dröhnte. Die Kugeln zerrissen Juan die Brust. Er wurde vom Tisch zurück und gegen den Ausguß geschleudert. Seine Augen waren schon längst ausdruckslos, als er vornüber auf die Fliesen fiel.

*

Der Fahrer von Colonel Targos Wagen drückte den Gashebel bis zum Anschlag durch, und die beiden Jeeps voller schwer bewaffneter Männer hatten alle Mühe, das Tempo mitzuhalten.

Aber als sie die einsam gelegene Villa am Meer erreichten, fanden sie dort nur noch den erschossenen Spitzel in der Küche vor.

Im übrigen war das Haus menschenleer. Auch O'Haras Jacht war fort.

Colonel Targo starrte auf den toten Juan hinab. Er empfand kein Mitleid – nur Wut, weil der Spitzel sich so tölpelhaft benommen hatte.

Colonel Targo mußte sich nun einer völlig veränderten Situation anpassen. Er fühlte sich noch nicht geschlagen. Jedenfalls hatte Juan ihm eine vollständige Liste der führenden Rebellen geliefert.

Einige von diesen Leuten – wie Estella Ramos und Carlos Valdes – hatten Familien in Mataan. Derric, O'Hara und dessen Tochter hatten dort Freunde. Als nächstes mußte also dieser Personenkreis unter ständige Bewachung gestellt werden. Einer von den Rebellen würde irgendwann bestimmt versuchen, Verbindung zu den Vertrauten in der Stadt aufzunehmen.

Darauf konnte Colonel Targo jetzt nur noch hoffen.

6

Zwei Stunden vor Anbruch der Morgendämmerung bewegte sich die *Wanderlust* ohne Lichter und in langsamer Fahrt dicht vor der Küste. Derric stand am Steuerruder, und Morgan lehnte mit einem Nachtglas vor den Augen an der Reling der Schwebebrücke.

In der Plicht wälzte sich Estella Ramos unbehaglich in ihrem Liegestuhl hin und her und warf ab und zu einen Blick über das monderhellte Wasser auf das in abweisender Düsterkeit daliegende Ufer.

»Das ist verrückt«, murmelte sie vor sich hin. »Mich mit nichts weiter als meinen Sachen am Leibe in den Dschungel zu verschleppen.«

Sie trug Sandalen, eine enge Hose und eine bunt bestickte Bluse. Aber bei dem hastigen Aufbruch hatte sie doch das Ledеretui mit ihren Schmucksachen nicht vergessen. Sie hielt es jetzt auf ihrem Schoß fest.

»Ja«, sagte O'Hara an ihrer Seite geistesabwesend. »Es ist schlimm für dich.« Es hatte keinen Sinn, in einer solchen Situation mit Frauen logisch argumentieren zu wollen.

Neben ihm warf Joey einen düsteren Blick auf Estella und sagte düster:

»Aber nicht so schlimm, als wenn dich die Geheimpolizei in die Hände bekommen hätte.«

Estella zuckte mit den Schultern.

»Ich habe keine Angst vor Polizisten. Ich weiß nichts von euren Plänen und habe keinen Anteil daran.«

»Das würde dir nichts nützen«, sagte Joey mit einem hämischen Lächeln.

Carlos Valdes saß mit Colleen auf dem Hintersteven. Er blickte zu Kosta und Manolo hin, die am Bug standen.

»Ich weiß nicht, ob wir dort, wohin wir jetzt fahren, sicherer sind«, sagte er mit einem mißmutigen Kopfschütteln. »Falls Juan ein Spitzel war, wird er Colonel Targo auch Kostas Schlupfwinkel verraten haben.«

»Kosta ist nicht so dumm, uns irgendwohin zu führen, wo Colonel Targo uns erwischen könnte«, erklärte ihm O'Hara. »Er hat keine festen Schlupfwinkel, sondern zieht immer von Versteck zu Versteck weiter. Deshalb ist er auch nie erwischt worden.«

»Es gefällt mir nicht, so weit von Mataan weg zu sein«, sagte Valdes. »Ich gehöre in die Stadt. Ich muß meine Leute organisieren. In einer Woche muß alles vorbereitet sein.«

»Sobald wir in Kostas Schlupfwinkel sind, kannst du in die Stadt zurückkehren«, antwortete O'Hara.

»Im Boot ist es eine lange Fahrt bis zur Stadt zurück.«

»Du fährst nicht in einem Boot«, erklärte O'Hara. »Wir werden dich irgendwie auf dem Landweg in die Stadt zurückschleusen. Das Boot bleibt im Versteck, bis auf die eine kurze Fahrt in die Staaten.« O'Hara sah seine Tochter an. »Ich schicke Derric nach Miami, um die Sachen zu holen, die Morgan braucht. Du fährst mit und bleibst in Miami, bis die Luft wieder rein ist.«

Colleen sagte zuerst nichts. Als sie wieder sprach, klang ihre Stimme ruhig und bestimmt.

»Fang nicht wieder damit an. Ich bleibe hier.«

O'Hara schüttelte verdrossen den Kopf.

»Es wird dir nicht gefallen. Wohin uns Kosta bringt,

wird es keinerlei Bequemlichkeiten geben. Und von jetzt an werden wir immer in Gefahr sein.«

»Ich weiß«, sagte Colleen. »Deswegen will ich bleiben. Zum ersten Male seit langer Zeit fühle ich mich wieder richtig lebendig. Die Aufregung wird mir nicht schaden. Ich kann zur Abwechslung etwas mehr Abenteuer vertragen.«

Valdes sah sie tadelnd an.

»Abenteuer? Dies ist kein Spiel, Colleen. Für unser Volk und mich bedeutet es ein Kampf um Leben und Tod.«

Sie legte ihre Hand besänftigend auf seine Schulter.

»Ich weiß, Carlos«, sagte sie. »Ich habe ein falsches Wort benutzt. Ich verstehe deine Gefühle. Du kämpfst für etwas, das dir viel bedeutet. Du hast ein Ziel im Leben. Ich könnte auch ein Ziel brauchen. Hast du etwas dagegen, wenn ich versuche, dein Ziel zu meinem eigenen zu machen?«

Valdes nahm ihre Hand und drückte sie sanft.

»Das würde mich sehr froh machen«, sagte er sanft.

Colleen lächelte ihn an. Sie hatte diesen stillen, zielbewußten und idealistisch gesinnten Mann gern, aber sie wußte, daß sie ihn nicht richtig lieben konnte — eben weil er sanft und still war und sich von ihr sicherlich unterjochen lassen würde.

Joey Clyde hob plötzlich den Kopf und spähte zu den beiden Männern im Bug hin.

»Wir scheinen am Ziel zu sein«, sagte er lakonisch.

O'Hara drehte sich um und sah, wie Kosta eben mit einer Handbewegung die neue Richtung des Bootes bestimmte.

Derric am Steuerruder runzelte die Stirn und zögerte. Er drosselte die Maschinen.

»Verdammt, ich sehe keine Durchfahrt zwischen den

Klippen hier«, murmelte er, während er mißtrauisch die verräterischen weißen Schaumkronen beobachtete, die auf Unterwasserriffe schließen ließen.

»Vielleicht versteht Kosta nicht genug vom Tiefgang dieses Bootes«, sagte Morgan. »Er meint, es ist wie bei einem von seinen flachen Kanus.«

Derric warf ihm einen schnellen Blick zu.

»Verstehst du etwas von Booten?«

»Ja. Ich kann das Ruder übernehmen, während du mit an den Bug gehst und nachschaust, ob die Fahrrinne für uns breit und tief genug ist.«

Derric zögerte, aber Kosta machte eine befehlende Geste.

»Übernimm das Ruder«, sagte er zu Morgan. »Aber wenn du das Boot auf Grund setzt, bring ich dich um.«

Derric wandte sich ab und griff nach der Lotleine. Morgan hatte das Steuerruder ergriffen und beobachtete Derric, der zwischen Manolo und Kosta am Bug kauerte und die Lotleine ins Wasser ließ. Mit entsprechenden Handbewegungen gab Derric den Kurs an.

Die Treibhaushitze der Ufersümpfe begann das Boot einzuhüllen. Zwischen den Klippen hindurch führte der Kurs direkt auf eine scheinbar undurchdringliche Wand von übermannshohem Schilf zu. Die Schilfrohre streiften mit einem hellen, harten Zischen die Bootswände, wurden zur Seite gebogen und schlossen sich hinter dem Heck wieder zu einer dichten Mauer.

Schwärme von Moskitos begannen sofort das Deck zu überfallen. Die Mädchen flüchteten mit Valdes aus der Plicht ins Deckhaus. Aber Kosta und Manolo blieben am Bug, als wären sie gegen die Insektenstiche immun.

Derric kam wild um sich schlagend zurückgerannt.

»Kosta muß verrückt sein«, fluchte er. »Uns in diese Moskitohölle zu führen. Zwei Stunden in diesem Sumpf, und ein Mensch wird von den kleinen Bestien bei lebendigem Leibe aufgefressen.«

Aber zehn Minuten später hatten sie den Schilfsumpf hinter sich, und auch die Moskitoplage ließ nach. Das Boot glitt jetzt im ruhigen Wasser einer Flußmündung dahin. Links und rechts ragten die Dschungelwälder im Mondlicht wie hohe, dunkle Wände empor.

»Geh jetzt lieber mit der Taschenlampe wieder nach vorn«, sagte Morgan. »Hier ist keine Entdeckung mehr zu befürchten, und wenn wir hier auf Grund geraten, sind wir erledigt.«

Derric gehorchte. Von jetzt an gab er die Kursanweisungen mit der Taschenlampe. Der Flußlauf begann enger und gewundener zu werden. Morgan ließ die Motoren stärker laufen, um gegen die fühlbar werdende Strömung genug Fahrt zu behalten. An manchen Stellen mußte er das Boot um riesige Bäume herumlenken, die mit ihren bizarr verschlungenen Wurzeln mitten aus dem Fluß ragten.

Derric ließ den Strahl der Taschenlampe plötzlich nach steuerbord gleiten. Morgan drehte das Ruder und lenkte das Boot aufs rechte Ufer zu. Der Lichtschein der Taschenlampe fiel auf einen kleinen, halb verrotteten Landesteg vor einer Lichtung, die bereits wieder vom Unterholz des Dschungels überwuchert wurde.

Morgan ließ das Boot mit gedrosselten Motoren langsam an den Landesteg treiben und sprang im richtigen Moment mit Derric auf die morschen Planken hinüber, um Bug und Heck zu vertäuen.

O'Hara und die anderen stiegen aus.

»Wir lassen das Boot hier«, sagte Kosta. »Bis es gebraucht wird.«

O'Hara schaute sich um.

»Müssen wir hier bleiben?«

»Nein«, sagte Kosta. »Wir gehen in die Berge hinauf – in das Dorf Loka. Wir haben dort ein Haus. Ich bin schon früher da oben gewesen. Die Dorfbewohner stehen auf meiner Seite und sind verschwiegen.«

O'Hara nickte und verteilte die Waffen, die er aus der Kajüte geholt hatte. Er gab Morgan eine 45er-Maschinenpistole.

»Kannst du damit umgehen?« fragte er.

Morgan nickte.

»Natürlich kann er das«, sagte Colleen spöttisch. »Du vergißt, daß er in Gangsterkreisen auch einmal ein großer Mann gewesen ist.«

»Ich habe gehört, daß Geldschrankknacker nicht gern Waffen benutzen«, wandte O'Hara ein.

Colleen runzelte die Stirn und sah Morgan an.

»Aber Sie haben sicherlich eine Waffe getragen.«

»Das Marine-Korps hat in dieser Hinsicht komische Ansichten«, antwortete Morgan mit einem dünnen Lächeln. »Man erwartet dort, daß auch die Sprengmeister sich mit Schußwaffen vertraut machen.«

Colleen biß sich auf die Unterlippe. Immer wieder ertappte sie sich dabei, daß sie diesen Mann herauszufordern versuchte. Aber es gelang ihr nicht, durch seine Rüstung von kühler Unnahbarkeit zu dringen. Vieles an Morgan erinnerte sie an ihren Vater. Aber andere Wesenszüge machten ihn Carlos Valdes ähnlicher. Es war eine verwirrende Mischung – –

7

Kosta übernahm die Führung — vom Fluß weg und auf Dschungelpfaden in die Berge hinein. Es wurde ein langer, beschwerlicher Marsch. Der Weg führte höher und höher. Die Dschungelvegetation wurde allmählich dünner, und Bäume und Sträucher verkleinerten sich zu normalem Wuchs. In der reiner werdenden Luft fiel das Atmen leichter.

Eine Stunde nach Anbruch der Morgendämmerung erreichten sie ihr Ziel. Es war ein langes, flaches Gebäude aus Schwartenbrettern mit einem Blechdach.

Kosta und Manolo ließen die anderen dort zurück und gingen in das zehn Minuten entfernte Dorf Loka, um Lebensmittel und Wasser zu holen.

Das Innere der Hütte war ein einziger großer Raum, dessen Möblierung nur aus Strohmatten auf dem harten Lehmboden bestand. Kosta und Manolo kehrten bald zurück, und nach dem Essen wurden zwei Wachtposten aufgestellt, während die anderen sich ausruhen konnten.

Am späten Nachmittag setzte sich Morgan mit den anderen Männern in der Hütte zusammen, um Kriegsrat zu halten.

»Als erstes mußt du deine Leute benachrichtigen«, sagte O'Hara zu Kosta. »Wo halten sie sich versteckt? Hier in der Nähe?«

»Sie sind in keinem bestimmten Schlupfwinkel«, erklärte Kosta. »Dann könnte man sie relativ leicht fangen.

Sie wohnen in verschiedenen Dörfern. Manolo wird sie zusammentrommeln, wenn sie gebraucht werden.«

»Ich müßte vor allen Dingen irgendwie nach Mataan zurück«, sagte Carlos Valdes. »Hier bin ich nutzlos, aber in der Stadt werde ich dringend gebraucht.«

O'Hara nickte und sah Kosta an.

»Hier ist dein Herrschaftsbereich«, sagte er. »Wie bekommen wir Valdes nach Mataan zurück?«

»Zweimal am Tage fährt ein Bus nach Mataan«, sagte Kosta. »Der nächste kommt in drei Stunden vorbei — auf der Chaussee drei Kilometer vom Dorf entfernt. Valdes kann sich im Dorf einen Maulesel leihen und zur Chaussee bringen lassen. Es ist eine einfache Sache.«

O'Hara sah Valdes an.

»Also gut. Wir werden dich in diesen Bus setzen. Aber sei in Mataan vorsichtig. Wir wissen nicht, wieviel dieser verräterische Hund von Juan dem Colonel Targo erzählt hat. Aber ich bin sicher, daß die Geheimpolizei jetzt unsere Namen kennt. Halt dich also von Verwandten und allen, die mit ihnen in Verbindung stehen, fern.«

Valdes nickte.

»Meine Leute in der Stadt werden weitere Waffen brauchen. Handgranaten sind besonders wichtig.«

»Du bekommst die Handgranaten«, versprach O'Hara. »Derric macht noch einen kurzen Abstecher in die Staaten, und er kann dabei auch Handgranaten und noch ein paar Waffen mitbringen. — Als nächstes müssen wir uns überlegen, wie wir mit dir in Verbindung treten können.«

Valdes dachte einen Moment darüber nach.

»Da ist der Pförtner im Friedhof von Mataan. Er heißt Hernando und wohnt in einem kleinen Haus neben dem Tor. Einer von unseren Verbündeten. Ich werde dafür sorgen, daß er ständig weiß, wie er sich mit mir in Verbindung setzen kann.«

»Gut«, sagte O'Hara. »Aber sei immer vorsichtig. Organisiere so viele Männer wie möglich. Sag ihnen, daß es eine gefährliche Aufgabe ist, für die sie sich zur Verfügung stellen müssen. Aber verrate ihnen nicht genau, was wir vorhaben. Ich will nicht, daß im letzten Moment doch etwas durchsickert. Wenn es soweit ist, werden wir sie aufklären.«

O'Hara zog ein kleines Notizbuch und einen Kugelschreiber aus der Tasche und schob das Schreibzeug Morgan hin.

»Stell eine Liste zusammen«, sagte er. »Derric wird das Zeug in Miami besorgen. Ich habe Leute dort, die alles beschaffen können.«

»Das Schlimme ist, daß ich nicht genau weiß, was ich brauchen werde«, erklärte Morgan. »Das ist das erste Mal, daß ich gewissermaßen blind an eine solche Arbeit herangehe.«

»Bestell jedes Werkzeug, das du möglicherweise brauchen könntest«, sagte O'Hara. »Mach dir keine Sorgen darüber, was es kostet.«

»Sorgen macht mir vor allen Dingen, wie ich das Panzergewölbe so schnell aufbekommen kann, daß wir noch alle mit heiler Haut wieder herauskommen«, antwortete Morgan grimmig. »Dazu müßte ich aber vorher wissen, was ich zu erwarten habe. Wie die Eingänge liegen. Wie die Alarmvorrichtung und die Stromversorgung für die Panzertüren beschaffen sind und so weiter.«

»Ich kann dir eine Skizze vom Innern der Festung zeichnen«, sagte Valdes. »Ich habe mir nach den alten Plänen alles genau eingeprägt.«

»Kannst du mir das Gebiet um das Panzergewölbe skizzieren? Mit Angabe der genauen Größenverhältnisse?«

Valdes schüttelte verlegen den Kopf.

»Nein. Alles andere – nur das Panzergewölbe nicht. Diaz hat das Gewölbe erst vor acht Jahren unter die Kasematten direkt in die Felsen sprengen lassen. Ich weiß nur, daß die Arbeit sechs Monate gedauert hat. Es gibt keine Pläne davon. Ich habe vergeblich versucht, welche aufzutreiben.«

»Von welcher amerikanischen Firma sind das Panzergewölbe und die Türen dazu geliefert worden?« fragte Morgan.

»Das weiß ich nicht.«

Morgan runzelte die Stirn.

»Und weißt du auch nicht, wer das Loch für das Panzergewölbe in die Felsen gesprengt hat? Eine amerikanische Firma? Oder wer?«

»Nein. Es war ein Baumeister aus Caribo. Der Mann ist durch Heirat mit Diaz verwandt. Er führt die meisten großen Bauvorhaben in unserem Land durch.«

Morgan horchte auf.

»Weißt du, wo dieser Baumeister sein Büro hat?«

Valdes nickte.

»In einem modernen Bürogebäude, das er voriges Jahr erst in Mataan gebaut hat. Er hat dort in den beiden oberen Stockwerken seine Wohnung und sein Büro untergebracht.«

Morgan wandte sich O'Hara zu.

»Ich begleite Valdes nach Mataan«, sagte er. »Im Büro dieses Baumeisters sind bestimmt noch Planskizzen für das Panzergewölbe zu finden.«

Die Idee schien O'Hara nicht zu behagen.

»Die Geheimpolizei wird sicherlich das Land nach uns

durchkämmen. Vielleicht haben sie sogar Straßensperren errichtet.« Er schüttelte mißbilligend den Kopf. »Dein Spanisch ist schlecht. Das wirkt auch verdächtig. Mußt du unbedingt in die Stadt?«

Morgan nickte nachdrücklich.

»Unbedingt. Wenn ich eine Planskizze finde, kann ich meine Arbeit vielleicht mehrere Stunden schneller schaffen. Außerdem ist es nicht so gefährlich, wenn ich mit Valdes fahre. Er spricht für mich, und ich stelle mich taubstumm.«

»Das ist in Ordnung«, erwiderte O'Hara. »Aber Valdes bleibt in Mataan, und du mußt zurückkommen.«

Sie grübelten ein paar Minuten. Dann hatte O'Hara einen Einfall.

»Also gut, wenn du schon fahren mußt, dann schicke ich noch Estella mit«, erklärte er. »Sie wird mit dir zurückkommen und das Reden übernehmen, während du den stummen Ehemann spielen kannst.«

O'Hara übersetzte Kosta, was sie beschlossen hatten.

»So könnte es gehen«, stimmte Kosta zu. »Aber die drei sind für die Busfahrt nicht richtig angezogen. Die anderen Fahrgäste sind zumeist arme Bauern und Bäuerinnen.«

Er wandte sich Manolo zu und befahl ihm, im Dorf geeignete Kleidungsstücke für die drei zu besorgen.

Als Manolo gegangen war, wandte sich O'Hara wieder Morgan zu.

»Das wäre es also. Jetzt stell deine Liste für Derric zusammen. Ich will, daß er so bald wie möglich aufbricht. Schlechtes Wetter könnte die Fahrt verzögern. In diesen Gewässern weiß man nie genau Bescheid.«

Morgan begann die Liste anzulegen: Dynamit, Nitroglyzerin, zwei Preßluftbohrer mit einem besonderen Sortiment von Drilleinsätzen, Sauerstoff — und Karbidtanks, einen Schweißbrenner mit Ersatz-Brenndüsen, Schweißbrille und dazugehörige Handschuhe, Zollstock, Schlauchleitungen, einen großen Bolzenschneider, Meißel, Schmiedehammer, Gummischlegel, Reibahle.

Alles, was Morgan je zu einem Tresoreinbruch gebraucht hatte, setzte er auf die Liste.

*

Drei Stunden später saßen Morgan, Valdes und Estella in der schmutzigen, geflickten Kleidung von Dorfbewohnern aus Loka in dem Bus, der die schlechte Straße nach Mataan entlangrumpelte.

Der Bus war nichts als ein Lastwagen, in den man Holzbänke eingebaut hatte. Morgan hatte sich den Strohhut tief ins Gesicht gezogen und saß zusammengesunken auf seinem Sitz, als schliefe er. Estella und Valdes unterhielten sich mit anderen Fahrgästen. Keiner schien die Verkleidung der drei zu durchschauen.

Aber auch Morgan und Valdes wußten nicht, daß Estella unter ihrer bäuerlichen Kleidung alle Schmuckstücke trug, die O'Hara ihr je geschenkt hatte. Ihr Bruder besaß eine Bodega. Er würde wissen, wie man die Juwelen zum höchsten Preis verkaufen konnte. Jedenfalls würde sie dann mehr Geld haben als je zuvor in ihrem Leben.

Estella hatte nicht die Absicht, mit Morgan nach Loka zurückzufahren. Sie wußte, daß O'Hara und die anderen in ein gefährliches Abenteuer verwickelt waren, und sie wollte nichts damit zu tun haben. Jetzt war die günstigste Gelegenheit, sich der ganzen Affäre zu entziehen.

8

Die Busstation lag am Südrand von Mataan. Sie bestand aus einer Wellblechbaracke mit einem Billettschalter und einem Warteraum. Dahinter lag der unbeleuchtete Parkplatz der Omnibusse.

Als sie ausgestiegen waren, warf Estella einen schnellen Blick zu der Wellblechbaracke hin und sagte dann scheinbar verlegen:

»Ich muß dort schnell einmal in den Waschraum. Wartet hier auf mich.«

»Es hat keinen Sinn, Zeit mit Warten zu verschwenden«, sagte Morgan. »Sie kommen ohnehin nicht mit uns. Wir brauchen uns nur zu überlegen, wo wir uns treffen, wenn wir zurückfahren.«

»Gut«, sagte Estella mit ausdruckslosem Gesicht. »Wir könnten uns hier wiedertreffen. Ich bleibe im Warteraum bis — —« Morgan schüttelte den Kopf.

»Es kann Stunden dauern, bevor wir wiederkommen. Es könnte Verdacht erregen, wenn Sie die ganze Zeit hier sitzen.«

Valdes deutete auf ein Kino jenseits der Straße.

»Dort drinnen würde sich keiner um sie kümmern.«

»Gute Idee«, sagte Morgan.

»Kaufen Sie sich eine Eintrittskarte und gehen Sie hinein«, sagte Valdes zu Estella. »Bleiben Sie auf einem der Hintersitze, bis wir zurückkommen. Haben Sie genug Geld bei sich?«

Estella hätte beinahe lachen müssen. Sie nickte und eilte auf die Wellblechbaracke zu.

*

Valdes führte Morgan zu dem zehnstöckigen Bürohaus, dem höchsten Gebäude der Stadt. Sie standen beide in der Einmündung einer dunklen Gasse und musterten das Haus.

Morgan war erregt, aber er spürte gleichzeitig jene kühle Gelassenheit, die ein Mann für solche Aufgaben braucht. Er registrierte alle Einzelheiten.

Die breite Glastür des Gebäudes führte in eine hell erleuchtete Marmorhalle. Ein Nachtwächter saß neben einer Aufzugtür und las Zeitung. Morgan hob den Blick. Die beiden oberen Stockwerke des Gebäudes waren ebenso dunkel wie alle anderen Fenster.

»Unser Mann scheint nicht zu Haus zu sein«, sagte Morgan.

»Um so besser.«

»Nicht so gut, wie du denkst«, widersprach Morgan. »Vielleicht liegen die Planskizzen in einem Tresor, und ich habe kein Werkzeug dafür. Ich hatte gehofft, den Mann dazu zu bringen, uns den Tresor zu öffnen.«

Valdes runzelte die Stirn.

»Dann käme heraus, was wir vorhaben.«

Morgan schüttelte den Kopf.

»Bestimmt nicht«, sagte Morgan. »Wir würden so tun, als hätten wir es nur auf Geld abgesehen.« Er warf noch einen Blick auf das Bürohaus. »Jetzt müssen wir es auf alle Fälle so versuchen.«

Sie überquerten die belebte Straße und wandten sich in die Gasse an der Seite des Bürohauses. Auf dem Wege zur Hinterfront des Hauses begegnete ihnen kein Mensch. An einer Eisenpforte machte Morgan halt.

Wie er erwartet hatte, war die Tür verschlossen. Morgan zog aus der Tasche Joey Clydes Nagelfeile und ein Stück festen Draht, den Manolo für ihn im Dorf besorgt hatte. Er kauerte sich nieder, schob die Nagelfeile in Höhe des Schlosses in den schmalen Spalt zwischen Tür und Türrahmen und streckte dann das Drahtende in das Schlüsselloch. Mit geschlossenen Augen, sich ganz auf seinen Tastsinn verlassend, ließ er das Drahtende im Innern des Schlosses über die Metallteile gleiten, bis er die Feder fand.

Sekunden später schnappte der Bolzen zurück, der die Klinke versperrte. Morgan richtete sich auf, schob Feile und Draht in die Hosentasche und öffnete die Metalltür. Vor ihm lag ein unerleuchteter Gang. Seine Augen hatten sich inzwischen so an die Dunkelheit gewöhnt, daß er die Treppe am Ende des Ganges sah.

Valdes lehnte neben ihm an der Wand, und Morgan erkannte an seinen leisen, stoßweisen Atemzügen, wie erregt er war. Bevor Morgan die Tür schloß und wieder verriegelte, legte er einen Moment beruhigend die Hand an Valdes Arm. Dann ging er auf Zehenspitzen vor ihm her zur Treppe hin.

*

Vor der Bodega ihres Bruders stieg Estella aus dem Taxi, bezahlte den Fahrer und eilte über den Gehsteig. Im Eingang blieb sie stehen. Der kleine Schankraum war voller trinkender und schwatzender Männer. Ihren Bruder konnte sie nirgends sehen.

Das Licht aus dem Innern der Bodega fiel in diesem Augenblick voll auf ihr Gesicht. Ein Mann in einem Torweg gegenüber der Bodega zog eine kleine Fotografie aus der Tasche, warf einen Blick darauf und sah wieder zu dem Mädchen hinüber.

Estella betrat die Bodega und ging auf den kleinen, dikken Mann hinter der Theke zu. Er war der Gehilfe ihres Bruders. Als sie an den Schanktisch trat, lächelte er ihr zu und nickte.

»Wo ist mein Bruder?« fragte sie ihn.

Der Dicke machte ein betrübtes Gesicht.

»Er ist früh heimgegangen, weil er sich nicht wohlfühlte. Er hat wieder mit dem Magen zu tun.«

In diesem Moment sagte hinter ihr eine Männerstimme:

»Estella Ramos?«

Sie drehte sich um und lächelte mechanisch, da sie dachte, ein Bekannter habe sie angesprochen. Aber sie blickte in das harte, ausdruckslose Gesicht eines Mannes, den sie nie gesehen hatte.

»Ja?« fragte sie verwirrt.

Seine Hand packte ihren Arm mit einem schraubstockartigen Griff.

»Kommen Sie mit.«

»Was?« Sie starrte ihn verständnislos an.

Ein zweiter Mann hatte die Bodega betreten. Er kam auf sie zu und ergriff ihren anderen Arm. Dumpfes Schweigen hatte sich über den Raum gesenkt. Die Gäste schauten absichtlich nicht zu Estella und den beiden Männern hin. Diese Art Verhaftung war kein allzu ungewöhnlicher Vorgang in Mataan. Niemand wollte etwas davon wissen — niemand wollte damit zu tun haben.

Ohne auf Estellas erregte Proteste zu achten, führten die beiden Männer sie gewaltsam aus der Bodega.

*

Im Schein der kleinen Taschenlampe, die Derric ihm gegeben hatte, musterte Morgan den Gang vor den Bürotüren im 9. Stock. Er fand den Sicherungskasten in einer Nische und lockerte alle Sicherungen für das 9. und 10. Stockwerk.

Das Schloß in der Tür des Außenbüros bereitete ihm keine Schwierigkeiten. Auch die anderen Türen und die Schlösser der stählernen Karteischränke nicht. Aber dort fanden sie nicht, was sie suchten. Und das Zahlenschloß des Tresors im Chefbüro konnte Morgan ohne Werkzeuge nicht öffnen.

Er zuckte mit den Schultern, nachdem sie fast eine Stunde vergeblich alle Schränke und Fächer durchstöbert hatten.

»Wir müssen es in der Wohnung versuchen«, sagte er. »Vielleicht finden wir dort etwas.«

Die Tür zu der Privatwohnung im 10. Stock ließ sich ebenso leicht öffnen wie alle anderen. Morgan schlich zuerst allein in die Wohnung, falls jemand dort schlief.

Aber es zeigte sich, daß die ganze Etage leer war. Morgan holte Valdes herein, und sie durchsuchten die Wohnung Zimmer für Zimmer.

Morgan entdeckte nur eines, was ihn interessierte: einen Wandtresor mit Zahlenschloß hinter einem Gemälde in einem der großen Schlafzimmer. Unter anderen Umständen hätte er daran denken können, den Tresor einfach mit Hammer und Stemmeisen aus der Wand zu brechen und an einem ungestörten Ort zu öffnen. Aber er wußte nicht, ob das, was er suchte, in diesem Wandtresor lag. Also hatte das Risiko keinen Sinn.

Morgan führte Valdes in das große Wohnzimmer zurück und goß sich an der Marmortheke der kleinen Bar in der Zimmerecke ein Glas Whisky ein.

»Zu schade«, murmelte Valdes, der die gefährliche Mission für beendet hielt. »Ich kann mir gut vorstellen, daß dir die Pläne weitergeholfen hätten. Aber jetzt muß es auch so gehen.«

Morgan setzte das Glas ab und schüttelte den Kopf.

»Nein«, sagte er bestimmt. »Wir sind so weit gekommen, jetzt können wir es auch zu Ende führen. Wir warten auf den Wohnungsbesitzer.«

»Aber das kann Stunden dauern.«

»Dann warten wir eben ein paar Stunden.«

»Ich habe viel zu tun«, wandte Valdes ein. »Ich muß die Männer einzeln aufsuchen, muß alles organisieren — —«

»Es hat keinen Sinn, diesen Coup zu organisieren, wenn ich nicht genug über das Panzergewölbe weiß«, unterbrach ihn Morgan.

Valdes seufzte und gab nach.

»Also meinetwegen. Was tun wir, wenn er kommt?«

Morgan machte ihn mit seinem Plan vertraut und legte alle Einzelheiten fest, denn Valdes würde als Wortführer auftreten müssen.

*

Estella stand vor einem Schreibtisch in dem kleinen Vernehmungszimmer. Das Licht der Lampe fiel grell in ihr Gesicht. Sie konnte den Mann hinter dem Schreibtisch nicht sehen — aber sie wußte, daß es der gefürchtete Colonel Targo war.

»Ich habe nichts Unrechtes getan«, verteidigte sie sich zum zwanzigsten Male. »Ich schwöre es.«

»Sie lügen —«

»Nein! Ich schwöre es!«

»Wir wissen, daß Sie O'Haras Geliebte waren und daß

O'Hara mit Kosta eine Verschwörung gegen die Regierung angezettelt hat.«

»Das stimmt«, sagte Estella eifrig. »Ich habe das aber heute erst erfahren. Deswegen bin ich von O'Hara geflohen und in die Stadt gekommen.«

»Vielleicht wollten Sie auch Spitzeldienste für Ihren Geliebten leisten«, sagte die erbarmungslose Stimme aus dem Schatten hinter dem Schreibtisch. »Woher soll ich das wissen, wenn Sie mir nicht die Wahrheit sagen?«

»Ich sage Ihnen alles, was Sie wissen wollen«, flehte Estella. »Alles —«

»Also gut«, sagte Targo. »Wo halten sich Kosta und O'Hara verborgen?«

»In dem Dorf Loka«, gestand Estella übereifrig. »Lassen Sie es nachprüfen. Sie werden sehen, daß ich nicht lüge.«

»Dessen bin ich nicht so sicher«, sagte Targo. »So schnell erfährt man die Wahrheit meist nicht. Sie behaupten, Sie seien von O'Hara und Kosta geflohen. Wie wollen Sie das geschafft haben? Die beiden sind nicht so dumm.«

»Sie wußten nicht, daß ich floh«, sagte sie gequält. »Sie haben mich mit Carlos Valdes und einem Amerikaner namens Morgan in die Stadt geschickt. Ich sollte mit diesem Morgan in das Dorf zurückfahren.«

»Wo sind Valdes und dieser Amerikaner?«

»Ich weiß nicht. Irgendwo in Mataan. Ich sollte sie später treffen.«

»Was machen die beiden in der Stadt?«

»Ich weiß nicht —«

»Sie lügen!«

»Ich weiß es wirklich nicht«, sagte Estella flehend. »Man hat mir nichts weiter gesagt. Ich sollte die beiden später treffen — in einem Kino gegenüber der Bus-Station. Das ist die Wahrheit.«

Colonel Targo schwieg kurze Zeit.

»Wann sollten Sie sich dort mit den Männern treffen?« fragte er schließlich.

»Es wurde keine genaue Zeit ausgemacht. Ich sollte in der hintersten Reihe des Kinos warten, bis sie kämen.«

»Und Sie wollen wirklich behaupten, daß Sie nicht wüßten, was die beiden hier vorhaben?«

»Nein, wirklich nicht!« Sie schüttelte heftig den Kopf, und ihre Augen waren groß und dunkel vor Angst.

»O'Hara und Kosta planen etwas gegen die Regierung«, setzte Targos mitleidlose Stimme wieder ein. »Berichten Sie mir davon.«

»Ich weiß nichts davon.« Estella konnte nur mit Mühe ein Schluchzen unterdrücken. »Ich habe alles gesagt, was ich weiß.«

Colonel Targos kalter Eidechsenblick forschte nachdenklich in dem Frauengesicht, dessen sämtliche Regungen im grellen Lichtschein rücksichtslos bloßgelegt wurden. Ob sie wirklich die Wahrheit sprach?

»Wir werden sehen«, sagte er wie im Selbstgespräch und stand auf. »Ich werde feststellen, ob Sie wirklich die Wahrheit sagen. Und dazu gibt es nur eine Möglichkeit.«

»Bitte —«, flehte Estella angstvoll. »Glauben Sie mir. Es ist die Wahrheit — —«

*

Eine Stunde später sprach Colonel Targo mit seinem Adjutanten.

»Also Sie glauben, daß sie die Wahrheit gesagt hat?« fragte der Adjutant.

»Ich bin ziemlich sicher«, antwortete Targo mit einem

bösen Lachen. »Unsere Methoden sind meist recht wirkungsvoll.«

Als der Adjutant den Blick seines Chefs auffing, konnte er selbst einen Schauer des Unbehagens nicht unterdrükken. Er hatte die Schreie gehört — das Stöhnen —. Er kannte Colonel Targos Befragungsmethoden.

Targo zuckte mit den Schultern.

»Jedenfalls werden wir ihre Angaben nachprüfen. Nehmen Sie sechs von unseren Leuten und verteilen Sie sie so, daß Sie Valdes und diesen Morgan erwischen, falls sie dumm genug sind, in diese Falle zu laufen.«

Der Adjutant nickte.

»Inzwischen werde ich Estella Ramos weiter vernehmen«, sagte Targo. »Vielleicht verrät sie mir noch einige interessante Einzelheiten.«

Nachdem der Adjutant gegangen war, verließ Targo das Büro und kehrte in das Zimmer am Ende des Ganges zurück. Estella begann leise zu wimmern, als sie ihn eintreten und die Tür sorgfältig hinter sich verriegeln sah.

9

Als die Wohnungstür aufgeschlossen wurde, standen Morgan und Valdes bereit. Sie hatten die unteren Gesichtshälften mit Taschentüchern verhüllt und hielten ihre Revolver schußbereit.

Die Tür öffnete sich, und ein Mann trat ein. Er drückte auf den Lichtschalter, und im gleichen Augenblick fiel ihm der Strahl einer Taschenlampe voll ins Gesicht.

»Still!« zischte Valdes. »Wir wollen nur Geld. Es passiert Ihnen nichts, wenn Sie vernünftig sind.«

Der Mann hob langsam die Arme. Er war groß und stämmig, gut angezogen und mit einem feisten, ausdruckslosen Gesicht. Nach dem ersten Schock gewann er schnell seine Fassung wieder.

»Ich leiste keinen Widerstand«, sagte er. »Nehmt meine Brieftasche und verschwindet.«

Valdes stieß mit dem Fuß die Tür zu.

»Sie sind ein vernünftiger Mann«, sagte er mit verstellter, rauher Stimme. »Bleiben Sie so und erhalten Sie sich Ihr Leben.«

Der Mann bewegte sich nicht, als Morgan an ihn herantrat und ihm mit einem schnellen Griff die Brieftasche aus dem Sakko zog. Morgan nahm schnell den Packen Banknoten heraus, schob ihn in die Hosentasche und ließ die Brieftasche zu Boden fallen. Dann zog er dem Mann einen großen Smaragdring vom Finger und die goldene Armbanduhr vom Handgelenk.

Als Morgan zurücktrat, befahl Valdes:

»Und jetzt öffnen Sie uns den Wandtresor in Ihrem Schlafzimmer.«

Der Mann erschrak und zögerte.

»Ich habe da kein Geld drin — nur persönliche Papiere —«

Valdes rammte ihm die Mündung des Revolvers ins Rückgrat.

»Öffnen Sie uns den Tresor.«

Der Mann führte sie durch die dunkle Wohnung ins Schlafzimmer. Vor dem Wandtresor zögerte er wieder.

»Die Nummer — —«, stammelte er. »Ich — ich kann mich nicht erinnern. Mein Anwalt hat — —«

Morgan drückte den kalten Stahl seiner Revolvermündung gegen das Genick des Mannes.

»Nicht —«, flüsterte der Mann entsetzt. »Ich öffne den Tresor.«

Er hob langsam die Hand, griff in sein Haar und zog ein Toupet von der Kopfhaut ab. Eine breite Glatze, die sich bis hinter die Ohren erstreckte, kam zum Vorschein. Ohne Toupet sah er fünfzehn Jahre älter aus.

Morgan fühlte sich enttäuscht. Er hatte nach dem Zögern des Mannes vermutet, daß etwas besonders Wichtiges in dem Wandtresor lag. Aber es war nur Eitelkeit gewesen.

An der Innenseite des Toupet klebte ein kleines Rechteck von gelber Seide, in das zwei Zahlenreihen eingestickt waren. Morgan beobachtete den Mann, als er das Rad des Kombinationsschlosses drehte. Es war die obere Zahlenreihe, nach der sich dieses Schloß öffnen ließ.

Der Mann zog die kleine, runde Panzertür auf.

»Wie ich Ihnen gesagt habe: es ist kein Geld darin.« Er griff in das offene Gehäuse.

Morgan versetzte ihm mit dem Revolverlauf einen kurzen, harten Schlag hinters Ohr. Der Mann sank vornüber gegen die Wand und brach zusammen.

Valdes starrte Morgan verständnislos an. Morgan schob seinen Revolver in den Gürtel, langte in den Tresor und zog den kleinen 25er-Revolver heraus, nach dem der Mann gegriffen hatte. Er schob die Waffe in seine Tasche.

»Schau nach, ob das, was wir suchen, darin ist«, befahl er Valdes.

Während Valdes noch suchte, holte Morgan Heftpflaster aus dem Bad, klebte dem Bewußtlosen die Handgelenke auf dem Rücken zusammen und fesselte seine Fußgelenke an einen Bettpfosten. Mit drei weiteren Streifen knebelte er den Mann.

»Nichts zu finden«, sagte Valdes in diesem Moment.

»Dann versuchen wir den großen Tresor im Büro«, erklärte Morgan.

»Aber wir brauchen die Zahlenkombination«, sagte Valdes.

»Ich glaube, wir haben sie.«

Morgan vergewisserte sich, daß der Mann durch die Nase atmen konnte. Dann nahm er das Toupet und prägte sich die zweite Zahlenreihe ein. Als er das Toupet zu Boden fallen ließ und sich aufrichtete, fragte Valdes:

»Könnte er sich nicht vielleicht befreien?«

Morgan schüttelte den Kopf.

»Nicht bevor wir gegangen sind.«

Die Zahlenkombination stimmte. Morgan merkte es, als er das Drehrad abwechselnd nach links und rechts bewegte und das Fallen der Sperrschiene fühlte. Er drehte den Griff und zog die schwere Tresortür auf.

Die meisten Fächer waren mit Geschäftspapieren gefüllt. Aber in einem Fach waren Stöße von Banknoten. Valdes griff nach den dicken Bündeln.

»Das wird uns sehr nützlich sein«, sagte er triumphierend.

»Stimmt«, antwortete Morgan. »Aber die Beute aus dem Panzergewölbe dürfte für euch noch nützlicher sein. Mach weiter.«

Valdes legte die Banknotenbündel auf den Schreibtisch, kniete sich vor den Tresor und begann die Papiere durchzusehen. Er hatte schon ganze Stöße von Dokumenten beiseitegeworfen. Aber dann richtete er sich plötzlich mit einem dicken Umschlag auf.

»Was ist?« fragte Morgan erregt.

»Der Inhalt betrifft die Festung del Rey«, sagte Valdes.

Er leerte den Umschlag auf den Schreibtisch und blätterte flüchtig in den Papieren.

»Da!« rief er triumphierend und breitete eine große Blauskizze auf dem Schreibtisch aus.

»Das Panzergewölbe?« fragte Morgan.

Valdes nickte zufrieden.

»Die Blauskizze enthält die genauen Größenangaben. Siehst du?« Er deutete mit dem Finger auf eine Linie. »Das ist das Ende der alten Kasematte. Hier ist der Gang in den Felsen darunter gesprengt worden. Und das hier unten ist das Panzergewölbe.« Er sah Morgan an. »Ist das die Information, die du brauchst?«

»Einiges davon«, sagte Morgan und setzte sich hinter den Schreibtisch. »Übersetz mir die anderen Schriftstücke«, sagte er und griff nach Papier und Bleistift. »Ich kopiere inzwischen die Skizze mit den wichtigsten Zahlen.«

Mit den schnellen sicheren Handstrichen eines Mannes, der das Zeichnen und Kopieren von Planskizzen gelernt hat, setzte er die Linien und Zahlen aufs Papier. Dabei lauschte er auf das, was Valdes ihm vorlas.

Das meiste war unwichtig für seine Zwecke. Nur einige Einzelheiten hatten für ihn Bedeutung. Zum Beispiel der

Name der amerikanischen Firma, die das Panzergewölbe installiert hatte, und die Kosten dieser Arbeit.

Eine Beschreibung der Tür des Panzergewölbes war nirgends zu finden. Aber aus den übrigen Angaben konnte sich Morgan ziemlich genau ausrechnen, wie die Panzertür beschaffen war. Und das Ergebnis stimmte ihn nicht gerade fröhlich.

Diaz hatte sich das Beste vom Besten bauen lassen. Und das Beste, was gerade diese Spezialfirma liefern konnte, war schon seit je der Alptraum jedes Geldschrankknackers gewesen.

Eine genaue Beschreibung von jener anderen Tür am oberen Ende des Ganges, der zum eigentlichen Panzergewölbe führte, lag vor. Diese Tür war zwei Fuß dick, mit Stahlmantel und Betonfüllung, die noch durch Eisenstäbe verstärkt wurde. Diese Tür war mit einem elektrischen Verschluß versehen, der von verschiedenen Stellen im oberen Revier der Festung bedient werden konnte.

Das war also ein weiteres Hindernis, das Morgan überwinden mußte.

Nachdem Morgan die Kopie der Blauskizze fertiggestellt hatte, schob er sie in die Tasche, faltete das Original zusammen und steckte es mit den anderen Papieren in den Umschlag zurück.

»Das ist es«, sagte er. »Verschwinden wir jetzt.«

Valdes stopfte die Bündel von Banknoten in sein Hemd und folgte Morgan.

Sie kamen ungehindert die Treppe hinunter und durch die Eisentür ins Freie. Auf der Hauptstraße herrschte jetzt weniger Verkehr. Sie schlenderten zur Einmündung der Seitengasse hinüber, und Morgan blieb stehen, um einen Blick in den Haupteingang des Bürohauses zu werfen. Der

Nachtwächter saß noch neben dem Lift und war in seine Zeitung vertieft.

Sie gingen die Gasse weiter, bis sie nach zwei Häuserblocks auf eine hell erleuchtete Straße stießen. Morgan blieb stehen und sah Valdes zögernd an.

»Jemand könnte neugierig werden, was du da im Hemd verborgen trägst«, erklärte er.

»Ich weiß«, antwortete Valdes. »Aber ich kann das viele Geld nicht wegwerfen. Wir brauchen es. Für Waffen. Und um Männer im Hafen zu bestechen.«

»Hast du es weit von hier bis zu einem Versteck für das Geld?«

»Nein. Drei Querstraßen von hier entfernt wohnt ein Mitglied unserer Organisation.« Valdes hielt zögernd inne. »Aber zuerst muß ich dich zur Busstation zurückbegleiten.«

»Ich kann den Weg allein finden«, sagte Morgan. »Je eher du von der Straße verschwindest, um so besser.«

Valdes zögerte immer noch.

»Meinst du wirklich — —?«

»Ich finde den Weg.«

»Also, dann —« Valdes streckte plötzlich die Hand aus und sah Morgan an. »Viel Glück — für uns alle.«

Morgan schüttelte ihm die Hand. Valdes hielt sie länger als üblich fest, und Morgan fürchtete schon, er würde wieder eine von seinen pathetischen Reden halten. Aber er tat es nicht. Plötzlich ließ er Morgans Hand los und eilte davon.

Morgan wandte sich in die entgegengesetzte Richtung und ging quer durch die Stadt zur Bus-Station. Er fand den Weg ohne Schwierigkeiten. Aber das Bewußtsein, in dieser fremden Stadt, in einem Land, dessen Sprache er nicht beherrschte, auf sich angewiesen zu sein, machte ihn vorsichtig und wachsam.

Als er den dunklen Parkplatz hinter der Wellblechbaracke betrat, wurde es ihm klar, daß ein Teil seiner Rechnung nicht aufgegangen war. Die Lichter des Kinos, in dem er sich mit Estella verabredet hatte, waren längst erloschen.

Morgan runzelte die Stirn und blieb stehen. Wo mochte Estella auf ihn warten? Er warf einen Blick auf das helle Fenster des Warteraums in der Baracke. Wenn es sich vermeiden ließ, wollte er nicht hineingehen.

Er schaute noch einmal zum Eingang des Kinos hinüber. Vielleicht war der Film noch nicht zu Ende, und man hatte nur die Lichter schon gelöscht, weil es die letzte Vorstellung war.

Morgan überquerte den Parkplatz und ging auf das Kino zu.

Der Fahrer eines Taxis vor der Wellblechbaracke beobachtete ihn. Er war einer von Targos Geheimpolizisten. Das Äußere des Mannes, der eben die Straße überquerte, stimmte mit der Personalbeschreibung dieses Morgan überein. Aber seine Kleidung war nicht ungewöhnlich. Die meisten Hinterwäldler-Bauern, die nach Mataan kamen, waren so angezogen. Und außerdem war er allein. Sie sollten zu zweit sein: Valdes und Morgan.

Der Geheimpolizist entschied sich schließlich dafür, die Papiere des Mannes zu prüfen. Er lockerte seinen Revolver im Schulterhalfter unter der Jacke und stieg aus dem Taxi.

Schon im Näherkommen erkannte Morgan, daß die Eingangstür des Kinos geschlossen und die Halle dahinter völlig dunkel war. Im nächsten Moment sah Morgan in der Glastür das Spiegelbild eines Mannes in einem zerknüllten weißen Anzug, der quer über die Straße auf ihn zukam. Der Mann bewegte sich in dem ruhigen, selbstsicheren

Schritt, der ihn in allen Ländern der Welt als Polizisten verraten hätte.

Morgan spürte einen kalten Schreck. Er wandte sich vom Eingang des Kinos ab und ging weiter, ohne sich umzuschauen.

Hinter sich hörte er, wie der Mann ihm auf Spanisch befahl, stehenzubleiben. Morgan begann sofort zu rennen.

Zehn, zwölf Schritt – und der erste Schuß krachte hinter ihm. Die Kugel schlug dicht neben ihm in die Mauer, und Kalksplitter spritzten ihm an die Wange. Er rannte weiter.

Polizeipfeifen schrillten plötzlich von mehreren Seiten. Er hörte Männerstimmen rufen – schnelle Schritte. Aus der Dunkelheit des Parkplatzes stürzten zwei Männer mit Revolvern quer über die Straße auf ihn zu.

Er hatte inzwischen die rechte Vorderecke des Kinos erreicht und rannte in die Gasse zwischen der Seitenfront des Kinos und dem angrenzenden Gebäude. Es war eine Sackgasse. Nach zwanzig, dreißig Schritten prallte er gegen die eiserne Ausgangstür des Kinos.

Ein Schuß hallte in der Gasse. Die Kugel schlug dicht über Morgans Kopf in das Metall. Morgan fuhr herum, zog den Revolver und schoß auf die Gestalt, die er vorn an der Ecke im Schein der Straßenlampe stehen sah. Es war ein Glückstreffer für ihn. Der Mann taumelte zurück und verschwand hinter der Ecke außer Sicht.

Morgan drehte sich sofort wieder um und zog das steife Stück Draht aus der Tasche. Er zwang sich zur Ruhe, während er das Drahtende ins Schlüsselloch steckte. Wildes Fummeln hatte bei dieser Art von Arbeit keinen Sinn.

Das Schloß schnappte in dem Moment auf, als zwei weitere Polizisten an der Ecke auftauchten und das Feuer auf ihn eröffneten. Er stieß die Tür auf. Eine Kugel riß an seinem Hemd, als er ins dunkle Innere des Kinos sprang und die Tür hinter sich zuschlug. Weitere Kugeln hämmerten von draußen gegen das Metall.

Für einige Sekunden war er in Sicherheit. Aber er spürte kein Gefühl von Erleichterung. Er mußte einen anderen Weg ins Freie finden, bevor das Kino für ihn zu einer Todesfalle wurde.

Er zog die Taschenlampe, schaltete sie einen Moment an und stellte fest, daß er im Seitengang des Kinos stand. Während er im Dunkeln zwischen zwei Sitzreihen zur anderen Seite hinüberlief, hörte er die Polizisten an die Eisentür hämmern. Im Mittelgang wandte er sich nach links zur Eingangshalle zurück. Es bestand eine geringe Chance, daß er dort hinaus konnte, während sich die Polizisten noch auf die Hintertür konzentrierten.

Er hörte das Klirren von Glas und blieb sofort stehen. Polizisten brachen durch die Eingangstür in die Halle. Er machte kehrt und rannte den Gang zurück.

Plötzlich war der Zuschauerraum in helles Licht getaucht. Instinktiv warf sich Morgan zwischen zwei Sitzreihen zu Boden. Schüsse krachten durch das leere Kino. Die Kugeln schlugen in die Sitzlehnen vor und hinter Morgan. Ein Hagel von Holzsplittern traf ihn.

Er kroch auf Händen und Füßen zum anderen Seiteneingang. Vor sich sah er einen Türbogen mit Plüschvorhang. Dahinter mochte ein weiterer Ausgang liegen.

Morgan holte noch einmal tief Atem, sprang auf und stieß tief gebückt durch den Vorhang. Er war schon in dem schmalen Gang dahinter, als die ersten Kugeln den Stoff durchlöcherten.

Aber hier war keine Tür. Er rannte nach rechts weiter und erreichte den Bühnenraum hinter der Kinoleinwand. In eine Wand war eine Eisenleiter eingelassen. Sie führte zu einer Falltür in der Decke empor.

Er rannte hinüber, klomm schnell die Leiter empor und stieß die Falltür auf. Ohne sich aufzurichten kroch er auf das Flachdach des Kinos hinaus und klappte die Falltür wieder zu.

Ein schneller Blick in die Runde zeigte ihm, daß das Kino hinten an ein weiteres Gebäude angrenzte. Tief gebückt huschte er vom Kinodach auf das Dach des anderen Gebäudes hinüber. Er überquerte es und spähte vorsichtig über den vorderen Rand auf die andere Straße hinunter.

An dieser Seite des Häuserblocks schienen noch keine Polizisten zu sein. Er sah nur zwei Männer in die andere Richtung um die Ecke rennen. Wahrscheinlich wollten sie nachschauen, was die Schüsse zu bedeuten hatten.

Morgan ließ sich vom Dachrand herab, bis seine Füße den eisernen Querträger einer aufgerollten Markise berührten. Bevor er sich vom Dachrand losließ, prüfte er, ob der Eisenträger sein Gewicht aushielt. Dann ließ er los und balancierte auf dem Querträger schräg abwärts, bis er nur noch zweieinhalb Meter über dem Gehsteig war.

Er sprang hinunter, landete hart auf Händen und Füßen und rannte im nächsten Moment quer über die Straße ins schützende Dunkel einer Gasse. Diesmal war er in keine Sackgasse geraten. Er rannte weiter, überquerte eine weitere Straße und hörte hinter sich keine Schüsse und keine Rufe mehr.

*

In seinem Büro stand Colonel Targo mit dem Telefonhörer am Ohr neben dem Schreibtisch und hörte sich den Bericht seines Adjutanten an.

»Er ist entwischt?« fragte Targo mit gefährlich sanfter Stimme.

»Ja.« Die Stimme des Adjutanten klang heiser. »Aber wir haben das ganze Gebiet umzingelt«, fügte er hastig hinzu. »Wir werden ihn bestimmt fangen. Ich habe veranlaßt — —«

Colonel Targo hängte ab.

Diesen tölpelhaften Adjutanten zurechtzustutzen, dazu war später noch Zeit. Es hatte sich jedenfalls erwiesen, daß Estella Ramos' Angaben hinsichtlich ihrer Verabredung im Kino richtig gewesen waren. Wahrscheinlich stimmte es dann auch, daß Kosta und O'Hara sich in einer Hütte am Rande des Dorfes Loka verborgen hielten.

Eine Viertelstunde später war Colonel Targo in seinem Wagen auf dem Wege nach Loka. Mit ausdruckslosem Gesicht saß er neben einem Armeemajor im Rücksitz. Auf dem Vordersitz saßen Targos Leibwächter und ein Hauptmann dicht zusammengedrängt neben dem Fahrer.

10

Morgan atmete keuchend, und seine Beine waren bleischwer, als er sich im Schutz einer Hecke hinter einem Strandhotel am Stadtrand von Mataan ins Gras sinken ließ. Er war jetzt in Sicherheit — jedenfalls für den Augenblick. Sein Atem beruhigte sich, und er begann nachzudenken.

Offenbar war Estella irgendwie erwischt worden. Da sie jedoch nicht wußte, wohin Valdes und er gegangen waren, konnte sie in dieser Hinsicht auch nichts verraten. Aber sie hatte den vereinbarten Treffpunkt verraten, also würde sie wohl auch den Rebellenschlupfwinkel preisgeben. Inzwischen mochte die Polizei schon auf dem Wege nach Loka sein.

Er mußte die anderen irgendwie warnen. Aber wie?

Seine einzige Hoffnung bestand darin, daß es keine telefonische Verbindung mit dem Dorf gab und daß auch die Polizisten eine gewisse Zeit brauchen würden, um dorthin zu gelangen. Vielleicht konnte er ihnen zuvorkommen.

Morgan richtete sich auf und ging an der Hecke entlang, bis er einen gepflasterten Pfad erreichte. Der Steinpfad führte zu einem Schwimmbecken, das ungefähr hundert Meter von ihm entfernt war. Die Terrasse neben dem Schwimmbecken war hell erleuchtet. Eine Calypso-Band spielte. Einige Paare tanzten.

Dies war offensichtlich ein Luxushotel. Irgendwo hier mußte also auch ein Parkplatz sein.

Morgan verließ den Pfad und ging auf die Seitenfront

des Hotels zu. Dort fand er, was er suchte: einen Parkplatz, auf dem viele neue und teure Wagen standen.

Eines von den Autos war ein offener, feuerroter Jaguar-Sportwagen. Morgan hoffte nur, daß genug Benzin im Tank war.

Er nahm den alten Strohhut ab, der ihn als Bauern maskiert hatte, ließ ihn hinter sich fallen und ging zwischen den geparkten Wagen zielbewußt auf den Jaguar zu.

Er hatte mehr Glück, als er erwarten konnte. Der Zündschlüssel steckte im Schloß. Wahrscheinlich war das bei allen Wagen hier so, damit der Parkwächter sie rangieren konnte.

Morgan schwang sich in den Wagen, ließ den Motor an und legte den ersten Gang ein. Ein Eingeborener — wahrscheinlich der Parkwächter — kam zwischen zwei Wagen hervorgestürzt und fuchtelte mit beiden Armen durch die Luft. Er stellte sich mitten auf den Weg, sprang aber schnell zur Seite, als der Wagen mit aufheulendem Motor und gellendem Horn auf ihn zugerast kam.

Auf der Straße stellte Morgan die Scheinwerfer an und lenkte den Wagen nordwärts. Er passierte mehrere Straßen am Stadtrand von Mataan, bis er die Chaussee fand, auf der der Bus in die Stadt gekommen war.

Morgan schaltete auf den Schnellgang um und trat den Gashebel durch. Die plötzliche Beschleunigung drückte ihn in den Schalensessel zurück. Zwanzig Sekunden später raste der Jaguar mit einer Stundengeschwindigkeit von hundertsechzig Kilometern durch die Nacht.

*

Colonel Targos Wagen hatte die Stelle erreicht, wo der Feldweg nach Loka von der Chaussee abzweigte. Der Fahrer lenkte in den Seitenweg hinein, und der Jeep und die beiden Armeelastwagen mit Soldaten folgten.

Hinter sich hörte Targo plötzlich einen Laut, der sich vom Geräusch der übrigen Motoren unterschied: das helle Dröhnen eines Sportwagenmotors, der im kleinen Gang fuhr. Er drehte sich um und schöpfte Verdacht, noch bevor er die Scheinwerfer des roten Jaguar hinter einer Kurve auftauchen sah.

Der Jaguar raste an den beiden Lastwagen vorbei, als ständen sie still. Colonel Targo brüllte einen Befehl. Der Hauptmann vorn riß seine Maschinenpistole hoch, und der Fahrer packte das Steuerrad fester und spähte aus dem Augenwinkel nach links.

Als der Jaguar den Jeep überholte, schwenkte Colonel Targos Wagen scharf nach links aus. Aber Morgan hatte dieses Manöver erwartet. Er konnte dem Wagen mit einer blitzschnellen Seitenbewegung ausweichen, ohne die Bäume an der linken Straßenseite zu streifen.

Eine erste Salve aus der Maschinenpistole pfiff harmlos über den Jaguar hinweg, weil der Schütze zur Seite geworfen wurde, als der Fahrer von Targos Wagen das Steuer wieder geradeaus richtete.

Die Verfolgung begann. Targos Wagen war schnell, aber nicht so schnell wie der Sportwagen. Der Abstand vergrößerte sich zusehends.

Aber dann holte Targos Wagen wieder auf, als die Straße schlechter wurde, und der tief liegende Sportwagen immer wieder in Schlaglöchern hängenzubleiben drohte.

Zwei Minuten später war es Morgan klar, daß er nicht rechtzeitig vor Colonel Targos Armee die Hütte erreichen konnte. Er ließ das Signalhorn ununterbrochen gellen, während er den Sportwagen rücksichtslos vorwärtsjagte.

Hinter sich hörte er wieder das harte Hämmern der

Maschinenpistole. Morgan duckte sich, als die Windschutzscheibe zersplitterte. Der nächste Feuerstoß traf einen Reifen.

Der Jaguar schleuderte zur Seite, drehte sich um seine Achse und kippte auf zwei Räder.

Morgan sprang heraus, ehe der Wagen noch auf die Seite fallen konnte. Falls seine Hupsignale die Männer in der Hütte nicht gewarnt hatten, würden sie wohl sicherlich durch die Maschinenpistolensalven alarmiert worden sein.

Jetzt galt es, seine eigene Haut zu retten. Er sprang ins Unterholz und bahnte sich seinen Weg hügelabwärts in das Dschungeldickicht. Die Maschinenpistole hämmerte, Kugeln pfiffen. Aber keine traf ihn. Er stolperte über eine Wurzel, raffte sich auf und rannte weiter — immer tiefer in das schützende Dunkel des Dschungels.

Oben auf dem Weg hatte Colonel Targo nur so lange anhalten lassen, bis sieben Soldaten von dem einen Lastwagen gesprungen waren und Morgans Verfolgung aufgenommen hatten. Dann rasten die vier anderen Wagen weiter — am Dorf vorbei und auf die Hütte zu. Targo wußte, daß er die Rebellen jetzt nicht mehr in aller Heimlichkeit überrumpeln konnte. Nur schnelles Zuschlagen konnte jetzt noch erfolgreich sein.

Fast wäre es ihm gelungen. Als die Hütte in Sicht kam, erfaßte das Scheinwerferlicht von Targos Wagen die Gestalten von vier Männern und einer Frau, die über die Lichtung ins Unterholz zu fliehen versuchten. Die beiden Männer auf dem Vordersitz begannen zu schießen, noch bevor der Fahrer den Wagen zum Stehen gebracht hatte.

Als O'Hara mit der Maschinenpistole aus der Hütte stürzte, sah er vor sich seine Tochter im Scheinwerferlicht dahinrennen. Erdfontänen spritzten zu ihr hoch, und sie zuckte zurück, als Kugeln dicht vor ihr in den Boden schlugen.

In diesem Augenblick vergaß O'Hara alles andere: seinen großen Coup, seinen Selbsterhaltungstrieb und die Gefahr. Er blieb stehen, zielte sorgfältig und verlöschte die Scheinwerfer mit einem langen Feuerstoß aus seiner Maschinenpistole. Dann erst rannte er durch die Dunkelheit den anderen nach.

Einige Sekunden später kamen der Jeep und die beiden Lastwagen mit kreischenden Bremsen neben Colonel Targos von Kugeln durchlöchertem Wagen zum Halten. Scheinwerfer erhellten jetzt wieder die Szene. Soldaten und Polizisten sprangen aus den Wagen.

Colonel Targo richtete sich in seinem Wagen vom Boden auf und schob den schlaffen, toten Körper des Armeemajors beiseite. Er selbst stieg zitternd, aber unverletzt aus dem Wagen. Die Lichtung war jetzt leer. Seine Geheimpolizisten und Soldaten hatten sich am Dschungelrand verteilt und durchkämmten das Unterholz mit Schnellfeuer.

Colonel Targo brüllte Befehle. Gleich darauf hörte die sinnlose Schießerei auf. Die Männer sammelten sich und schwärmten dann in lockerer Schützenkette in den Dschungelwald aus, um die systematische Suche nach den Fliehenden aufzunehmen.

*

O'Hara bahnte sich tief gebückt seinen Weg durch Buschwerk und Schlingpflanzen, bis er eine Lichtung mit mehreren Felsblöcken erreichte. Im Mondlicht sah er Joey Clyde und Kosta im Schatten eines Felsens kauern. Sie hielten ihre Waffen schußbereit und senkten die Mündungen erst, als sie ihn erkannten.

»Wo ist Colleen?« keuchte O'Hara.

»Ich habe sie an der anderen Seite in die Büsche rennen sehen«, sagte Joey Clyde.

O'Hara sah Kosta an.

»Und Manolo?«

Kosta zuckte mit den Schultern und hielt den Blick dorthin gerichtet, wo die Lichtung lag.

»Manolo wird schon auf sich aufpassen.«

»Ich muß Colleen suchen«, sagte O'Hara gepreßt.

»Das kannst du jetzt nicht«, sagte Joey und packte seinen Arm. »Wir müssen zuerst hier heraus.«

O'Hara zögerte. Er sah plötzlich Colleen als kleines Mädchen vor sich, zu der Zeit, als sie ihn noch geliebt und nicht für einen egoistischen Gangster gehalten hatte.

Mit einer heftigen Bewegung befreite er sich von Joey Clydes Hand und stürzte ins Unterholz — zurück in Richtung der Lichtung.

Nach fünfzehn oder zwanzig Schritten tauchten unvermittelt zwei Soldaten neben ihm aus den Büschen auf. O'Hara riß sein Gewehr zur Seite, aber sie schossen auf ihn, bevor er abdrücken konnte. Er fühlte die Kugeln in seinen Leib schlagen und sank in die Knie. Das Hämmern von Kostas Browning-Automatic hörte er nicht mehr.

Die beiden Soldaten bäumten sich fast gleichzeitig auf und brachen dann zusammen — jeder nach einer anderen Seite, aber wie von der gleichen Riesenfaust zu Boden geschmettert. Aus den Kugellöchern auf dem Rücken ihrer Uniformjacken sickerte Blut.

Joey Clyde sah O'Hara am Boden liegen. Er kauerte neben ihm nieder und wälzte ihn auf den Rücken. O'Haras Augen blickten in glasiger Starrheit ins Nichts.

Joey Clyde kauerte noch einen Moment neben O'Hara

und betrachtete ihn ungewiß. Dann richtete er sich auf und fuhr sich mit einer benommenen Bewegung übers Gesicht.

Er sah Kosta fünf Schritt entfernt im Schatten eines Baumes stehen. Kosta machte eine befehlende Handbewegung und setzte sich dann in einem schnellen Trott in Bewegung.

Joey Clyde zögerte, schaute noch einmal auf Patrick O'Hara hinab und folgte dann Kosta tiefer in den Dschungel hinein.

11

Morgan hatte sich in einem Gewirr von Schlinggewächsen und Buschwerk dicht an den Boden gepreßt. Er hörte aus der Richtung der Hütte knatternde Salven von Maschinenpistolen und einzelne Gewehrschüsse, aber er überlegte jetzt nicht, was dort vorgehen mochte, sondern konzentrierte seine Aufmerksamkeit auf die näheren Geräusche.

Wenn er seinen Kopf ein wenig hob, sah er die Taschenlampen seiner Verfolger hie und da im Gewirr der Dschungelvegetation aufleuchten. Er wußte nicht, wie viele Soldaten ihn verfolgten, aber er schätzte, daß es mehr als fünf waren.

Die Taschenlampen kamen näher. Nicht viel weiter als zehn Schritte links hörte er das Knacken von Ästen und Rascheln von Blättern.

Morgan hielt den Atem an. Der Lichtstrahl einer Taschenlampe glitt langsam über das Gewirr von Zweigen und Ranken, unter denen er sich verborgen hielt. Aber der Soldat sah ihn nicht und ging langsam weiter.

Morgan blieb reglos liegen. Er fühlte sich plötzlich wieder zurückversetzt auf eine jener von den Japanern besetzten Pazifik-Inseln. Der Dschungel — die Hitze — die Dunkelheit — der bittere Geschmack der Furcht im Mund und die feindlichen Soldaten, die Jagd auf ihn machten: das hatte er alles schon erlebt.

Die Soldaten hatten sich jetzt etwa dreißig Meter links von seinem Versteck gesammelt. Ihre Taschenlampen waren auf den Boden gerichtet. Er hörte ihre aufgeregten Stimmen und versuchte, den Sinn der Worte zu erfassen. Ein Wort verstand er, und sofort fuhr ihm der kalte Schreck in den Magen.

»Fußabdrücke!«

Er hatte auf dem weichen Dschungelboden Spuren hinterlassen, und die Soldaten hatten diese Fährte jetzt gefunden. Die Taschenlampen begannen sich wieder auf ihn zuzubewegen.

Morgan richtete sich leise auf und huschte in der entgegengesetzten Richtung davon. Ungefähr fünfzig Meter führte der Weg hügelabwärts durch lichteren Dschungelwald, und hier konnte er sich fast lautlos bewegen. Dann begann ein Bambusdickicht. Geräuschlosigkeit war dort nicht mehr möglich. Nur noch Schnelligkeit konnte ihn retten.

Er kroch in das Bambusdickicht, bahnte sich einen Weg hindurch und erreichte auf der anderen Seite dichteren Dschungelwald. Hinter sich hörte er die Rufe der Soldaten. Er gab sich keine Mühe mehr, seine Bewegungen zu verheimlichen, sondern flüchtete so schnell wie möglich tiefer in den Dschungel.

Der Boden unter seinen Füßen wurde immer weicher und schlammiger. Sumpfwasser drang in seine Schuhe.

Aber hier würde er keine Spuren mehr hinterlassen, sagte er sich.

Er platschte weiter durch das knöcheltiefe Wasser. Nach einer Weile lehnte er sich an eine Mangrove und zog Schuhe und Strümpfe aus. Barfuß kam er besser voran. Schlingranken und Luftwurzeln streiften sein Gesicht und seine Brust. Unsichtbare Sumpftiere flüchteten vor ihm und platschten ins Wasser.

Als er zurückschaute, sah er die Lichtpunkte der Taschenlampen wie Irrlichter über den Dschungelsumpf huschen. Die Strahlenfinger griffen über das dunkle Moorwasser, aber sie erreichten ihn nicht mehr ganz.

Er lief weiter, und das Wasser um ihn her wurde tiefer. Schließlich mußte er schwimmen. Er nahm den Revolver zwischen die Zähne und schwamm flach auf dem Rücken liegend und mit fast lautlosen Bewegungen. Auf diese Weise sah er zwar nicht, wohin er schwamm, aber er sparte seine Kräfte.

Die Lichtpunkte der Taschenlampen wurden kleiner. Einmal stieß er gegen einen treibenden Baumstamm. Dann wieder hemmte eine Kolonie von Wasserlilien seine Bewegung. Aber er brachte immer mehr Wasser zwischen sich und seine Verfolger.

Schließlich brach er in eine Mauer von riesigen Farnen. Er stieß mit einem Fuß nach unten und merkte, daß er auf Grund kam. Vorsichtig richtete er sich auf. Das Wasser um ihn her wurde immer seichter. Dann war er auf festem Boden, und zwar zwischen dem Wurzelgewirr einiger hoher Bäume, um die sich eine winzige Insel von Schlemmland gebildet hatte.

Mit der Hand tastete er sich an einer fast zwei Fuß breiten Wurzel empor, bis er den massiven Baumstamm erreichte. Er setzte sich auf die breite Wurzel und lehnte sich mit dem Rücken an den Stamm. Seine Schuhe stellte er zwischen die ausgestreckten Beine. Nachdem er seine Hände an Blättern abgetrocknet hatte, nahm er den Revolver zwischen den Zähnen hervor, hielt ihn schußbereit und wartete.

Die Zeit verging. Er sah keinen verräterischen Lichtschein und hörte auch nichts von seinen Verfolgern. Allmählich wich die Spannung von ihm. Seine Schultern sanken ein, und seine Lider wurden schwer.

Nebel begann vom offenen Fluß herüberzuziehen und das winzige Eiland einzuhüllen. Das war gut für ihn. Er spürte ein Gefühl von Triumph. Aber nur kurze Zeit. Dann siegte die Müdigkeit, und seine Augen fielen wieder zu.

*

Er war eingeschlafen und schreckte plötzlich empor. Der Nebel umgab ihn immer noch. Er konnte nicht weiter als drei Meter sehen. Aber jetzt war der Nebel mit einem perlmuttartigen Schimmer von Helligkeit durchtränkt, und Morgan wußte, daß er mehrere Stunden geschlafen hatte und daß es inzwischen Tag geworden war.

Sein Nacken schmerzte ihn. Sein Magen war leer. Die Moskitos hatten ihn zerbissen, und seine rechte Hand war steif, weil er den Revolver im Schlaf unwillkürlich krampfhaft festgehalten hatte. Er schob die Waffe in seinen Gürtel.

Zum ersten Male seitdem er aus dem Jaguar-Sportwagen gesprungen und geflüchtet war, machte er sich wieder Gedanken über die anderen. Vielleicht waren sie alle erwischt worden.

Doch das war kaum anzunehmen. Jedenfalls hatte er sie rechtzeitig gewarnt.

Irgendwo würde sich die zersprengte Gruppe von Rebellen wieder sammeln. Er mußte versuchen, Kosta oder Manolo zu finden — falls sie noch am Leben und in Freiheit waren. Sie kannten das Land; er nicht.

Er versuchte sich in die Lage der Rebellen zu versetzen. Was würden sie nach dem Angriff tun? Sich irgendwo in der Nähe der Hütte wieder sammeln. Das war am wahrscheinlichsten. Der Landesteg am Fluß, wohin Derric mit der Jacht nach seinem Abstecher in die Staaten wieder zurückkehren würde, war ein zu gefährlicher Treffpunkt.

Natürlich würden wohl noch tagelang Soldaten das Gelände um das Dorf unsicher machen. Aber es gab für Morgan noch einen anderen Grund, die Nähe des Dorfes aufzusuchen. Er hatte dort gestern eine Bananenplantage entdeckt. Einige reife Bananen brauchte er jetzt am dringendsten, um seinen Hunger zu stillen.

Der Nebel begann sich von der Wasseroberfläche zu lichten. Morgan glitt von der Wurzel herunter und stapfte bis in knietiefes Wasser. Es war hier nicht brackig und sumpfig, sondern klar und in strömender Bewegung. Er schöpfte Wasser in beide Hände und trank, bis die Flüssigkeit seinen leeren Magen gefüllt hatte und er ein trügerisches Gefühl von Sättigung spürte.

Dann kroch er wieder auf die Wurzel und wartete, bis der Nebel sich ganz gelichtet hatte. Er orientierte sich nach der Sonne und schwamm auf ein gigantisches Farndickicht zu. Dort hatte er wieder Boden unter den Füßen. Er watete weiter, aber so, daß er das Dorf seitlich liegen ließ.

Es dauerte drei Stunden, bevor er den Weg aus der sumpfigen Wasserwildnis fand und festen Dschungelboden unter sich hatte. Von hier aus würde er in der Nacht leichter seinen Weg finden. Er brauchte nur bergauf zu gehen und sich nach dem Mond und den Sternen zu orientieren.

In einer schmalen Senke mit moosbehangenen Zypressen suchte er sich einen Schlupfwinkel. Er hatte das Glück, in derselben Senke ein kleines Gestrüpp von wildwachsenden Bananenstauden zu finden. Die meisten Früchte waren noch grün. Aber er entdeckte am Boden mehrere reife Früchte — teilweise schon angefault — und schlang sie alle mit einem wahren Wolfshunger in sich hinein.

Er verließ die Senke bei Anbruch der Dämmerung, noch bevor der Mond aufgegangen war. Nach einer Weile erreichte er einen bergauf führenden Trampelpfad und folgte ihm.

Ungefähr eine Stunde später stieß er auf den Maultierpfad, ohne daß er irgendeine verdächtige Begegnung gehabt hätte. Von hier aus fand er leicht den Weg zu der Bananenplantage, die er am vorigen Tag entdeckt hatte.

Da er die Farbe der Früchte in der Dunkelheit nicht erkennen konnte, tastete er die Stauden mit den Fingern nach weichen Bananen ab. Nachdem er sich den Magen gefüllt hatte, machte er sich an den schwersten Teil seines Erkundungsganges.

Er näherte sich dem Dorf Loka in einem weiten Halbbogen und hielt seinen Revolver die ganze Zeit schußbereit. Das erste Anzeichen für die Annäherung an das Dorf war rötlicher Widerschein vom Feuer am nächtlichen Himmel. Gleich darauf trieb ihm Brandgeruch in die Nase.

Morgan stieg schnell höher und hielt auf dem Gipfel eines Hügels inne. Schräg unter sich sah er das Dorf Loka in Flammen stehen. Jedes der Häuser aus Holz und Stroh brannte lichterloh, und aus den schwelenden Überresten stieg dichter Qualm. Im flackernden Flammenlicht sah Morgan Soldaten mit Gewehren hin und her gehen. Er zählte etwa fünfzehn Mann. Zwei Lastwagen und ein Jeep standen auf der Dorfstraße. Colonel Targos Wagen war jedoch fort.

Zuerst konnte Morgan keinen der Dorfbewohner entdecken. Dann sah er sie: Männer, Frauen und Kinder baumelten — am Hals aufgehängt — an den Dachbalken ihrer brennenden Hütten.

Ein wilder Haß loderte in Morgan empor. Er mußte den verrückten Impuls bekämpfen, mit seinem Revolver hinunterzustürzen und die Soldaten in selbstmörderischer, blinder Wut anzugreifen. Aber diese Soldaten waren auch nur Werkzeuge gewesen. Die eigentlichen Mörder konnte er auf diese Weise nicht treffen.

Als er sich schließlich abwandte, bebte er vor Zorn. Er zwang sich dazu, die grausige Stätte des Massakers hinter sich zu lassen. Zuerst ging er hügelwärts, und dann näherte er sich in weitem Bogen der Lichtung, auf der die Hütte stand. Es war eine widersinnige Hoffnung, jetzt dort einen von den Rebellen zu finden. Aber er hatte ohnehin nicht mehr viel zu verlieren: allein in diesem fremden Land — ohne Hilfe, nur auf seine Waffe und seinen Selbsterhaltungstrieb angewiesen.

Als er sich dem Rand der Lichtung näherte, hörte er verdächtige Geräusche. Er hielt inne, schob einen Zweig mit der Linken beiseite und spähte ins Freie.

Zwei Regierungssoldaten traten auf der gegenüberliegenden Seite auf die Lichtung. Sie schleppten Colleen O'Hara zwischen sich.

12

Colleen stolperte barfüßig zwischen den beiden Soldaten dahin. Hose und Bluse waren schmutzig und zerrissen, und ihr Haar hing in verfilzten Strähnen ins Gesicht herab. Die beiden zerrten das Mädchen über die Lichtung in Richtung des Dorfes. Als sie die Hütte erreicht hatten, sagte der eine Soldat etwas zu dem anderen. Sie blieben stehen, schauten zur offenen Tür der dunklen Hütte hin und begannen über irgend etwas zu debattieren.

Da sie leise sprachen und ziemlich weit entfernt waren, konnte Morgan nicht alles verstehen. Aber er begriff, daß sie das Mädchen als ihre ganz persönliche Beute ansahen und erst ihren Spaß mit ihr haben wollten, bevor sie sie ihrem Offizier übergaben.

Colleen hatte auch verstanden, was die beiden vorhatten. Plötzlich bäumte sie sich auf und versuchte sich loszureißen. Aber sie schaffte es nicht.

Während sie jedoch wild kämpfte und die Aufmerksamkeit der Soldaten ganz auf sich lenkte, verließ Morgan das schützende Dunkel und robbte am Rande der Lichtung im hohen Gras auf die Hütte zu.

Die beiden Soldaten waren zu sehr mit dem sich windenden, mit den Füßen um sich stoßenden und schlagenden Mädchen beschäftigt, als daß sie Morgans Annäherung bemerkt hätten.

Erst als er sich neben dem einen Soldaten aufrichtete, stieß der andere einen Warnruf aus.

Doch in diesem Moment schlug Morgan schon mit dem Kolben zu. Der eine Soldat brach lautlos zusammen. Im gleichen Moment hatte der andere Soldat Colleen losgelassen. Aber sie hatte die Situation sofort erkannt und ließ ihn nicht erst dazu kommen, von seiner Waffe Gebrauch zu machen. Wie eine Furie sprang sie ihn an.

Er schlug mit dem Gewehrlauf zu und wollte zurückweichen. Doch in diesem Augenblick war Morgan hinter ihm. Der Revolverkolben traf seinen Hinterkopf mit sausendem Schwung, und der Soldat ließ das Gewehr fallen und brach zusammen.

Einen Moment standen Morgan und Colleen da und blickten einander an. Sie atmeten beide heftig und sahen so aus, als hätte jeder von ihnen seine besondere Art von Alptraum hinter sich. Morgan fand als erster seine Sprache wieder.

»Fort von hier«, keuchte er und nahm eines von den Gewehren auf.

Er schob seinen Revolver in den Hosenbund, ergriff Colleens Hand und zog sie mit sich — von der Lichtung fort ins schützende Dunkel. Sie rannten blindlings in die Nacht hinein — fort von dem Dorf, von den brennenden Hütten, von der Lichtung mit den beiden Soldaten.

Als Morgan merkte, daß Colleen am Ende ihrer Kräfte war, nahm er sie Huckepack und stolperte noch solange weiter, wie es seine eigenen Kräfte erlaubten. In einem Dickicht von Farnen und wilden Bananenstauden setzte er Colleen ab und ließ sich erschöpft zu Boden sinken.

Eine Weile war nichts zu hören als seine keuchenden Atemzüge. Dann kam ein anderes Geräusch hinzu: das Prasseln von Regentropfen. Unvermittelt setzte einer von jenen tropischen Regengüssen ein, die ebenso schnell vorübergehen.

»Glück im Unglück«, sagte Morgan. »Der Regen löscht unsere Spuren aus.«

Er richtete sich auf und half Colleen auf die Beine. Sie fanden Unterschlupf unter einem Felsüberhang. Der Boden dort war trocken und mit weichem Moos bedeckt. In der kleinen Nische konnten sie — eng aneinandergepreßt — sitzen, ohne naß zu werden.

Eine Weile sprach keiner von beiden. Die Spannung wich langsam von ihnen, als sie erkannten, daß sie hier relativ sicher und geschützt waren.

»Ich nehme an, du hast keine Zigaretten bei dir?« sagte Colleen leise.

»Nein —«

Sie schwieg wieder und ordnete ihre wirren Gedanken. Schließlich sagte sie in sanfter Verwunderung:

»Ich kann es immer noch nicht ganz begreifen. Wie du plötzlich so aus dem Nichts aufgetaucht bist — wie ein guter Geist oder ein rettender Engel. Ich dachte, du bist in Mataan.«

Er berichtete ihr kurz, was in Mataan geschehen war.

»Dann warst du es also, der uns mit dem Hupensignal warnen wollte«, sagte sie. »Wir haben es gehört, konnten uns aber im ersten Moment nicht erklären, was es bedeuten sollte. Aber als dann die Maschinenpistole losbellte, wußten wir Bescheid und sind ziemlich hastig aus der Hütte verschwunden. Aber leider nicht schnell genug. Wir wurden beschossen, während wir noch auf der Lichtung waren. Ich rannte blindlings ins Unterholz und wurde von den anderen getrennt. Soldaten haben mich verfolgt, aber ich konnte ihnen entkommen. Irgendwie habe ich den Fluß erreicht und mich dort in der Nähe versteckt. Den Rest der Nacht habe ich unter einem Busch geschlafen.«

»Hast du eine Ahnung, wo dein Vater und die anderen sein könnten?«

»Nein. Ich habe heute morgen nach ihnen gesucht und

bin den ganzen Tag im Dschungel umhergeirrt, ohne sie zu finden.« Sie seufzte leise. »Als es Nacht wurde, war ich so hungrig, daß ich zum Dorf zurückging. Ich dachte, die Soldaten würden inzwischen fort sein. Das war ein fataler Irrtum. Ich habe mich herangeschlichen — — es mitanschauen müssen — —« Ihre Stimme versagte. »Morg — — sie haben alle Dorfbewohner ermordet, die sie erwischen konnten — —«

»Ich weiß.«

»Carlos hatte recht. Ich habe nicht recht glauben wollen, als er sagte, es sei ein großes Risiko für die Dorfbewohner, uns Unterschlupf zu gewähren. Aber es stimmte leider nur zu genau.«

»Wie haben sie dich erwischt?« fragte Morgan, um ihre Gedanken von den grausigen Geschehnissen im Dorf abzulenken.

»Ich habe mich zur Hütte geschlichen, weil mein Hunger immer stärker wurde. In der Hütte war noch gebratenes Fleisch, und ich nahm es in den Dschungel mit und aß es. Dann bin ich wieder an den Fluß gegangen. Irgendwo unterwegs haben mich die beiden Soldaten von hinten angesprungen. Sie müssen dort auf der Lauer gelegen haben. Das übrige weißt du ja.«

Sie wandte sich zur Seite und wollte ihn anschauen. Aber sie sah nichts als den undeutlichen hellen Schimmer seines Gesichts.

»Morg, was werden wir jetzt tun?« fragte sie leise.

»Warten, bis es zu regnen aufhört«, sagte er. »Uns dann nach Mataan durchschlagen und Carlos Valdes suchen. Dein Vater und alle, die nicht in Gefangenschaft geraten sind, werden das irgendwann tun.«

»Du meinst, wir könnten Carlos finden?«

»Weißt du, wo der Friedhof von Mataan ist?« fragte er.

»Ja.«

»Der Pförtner dort weiß, wo Valdes ist.«

»Und wenn wir ihn gefunden haben?«

»Ich weiß nicht«, sagte Morgan. »Ich dachte mir, Valdes würde vielleicht eine Möglichkeit wissen, wie wir aus dem Lande kommen können. Aber jetzt, nachdem ich mitansehen mußte, wie die Soldaten des Diktators im Dorf gewütet haben, will ich am liebsten den Plan deines Vaters zu Ende führen.«

»Es ist ein weiter Weg von hier nach Mataan, Morg.« Sie zögerte. »Meinst du wirklich, wir könnten es schaffen, ohne erwischt zu werden?«

»Wir bewegen uns nur nachts und verstecken uns am Tage«, erklärte Morgan. »Wenn wir vorsichtig genug sind, könnten wir es schaffen.«

Colleen lauschte mehr auf den Klang der Stimme als auf die Worte. Sie hatte Vertrauen zu dieser Stimme. Nachdem sie vierundzwanzig Stunden nur auf sich allein angewiesen war, tat es gut, sich beschützt zu fühlen. Sie schmiegte sich enger an ihn, und Morgan legte den Arm um ihre Schulter.

Nach einer Weile sank ihr Kopf an seine Brust, und er dachte, sie sei eingeschlafen. Er saß reglos in der Dunkelheit und lauschte auf das eintönige Rauschen des Regens.

»Morg?« hörte er sie plötzlich flüstern.

»Ja?«

Sie sagte nichts weiter, sondern schmiegte nur ihr Gesicht an seine Wange. Eine Weile saßen sie so. Dann nahm Morgan ihr Gesicht zwischen seine Hände und küßte sie.

Als er sie losließ, legte sie wieder den Kopf an seine Brust. So schlief sie schließlich ein — geborgen und glücklich wie ein Kind.

13

Morgan war auch eingeschlafen, und als er erwachte, hatte der Regen aufgehört. Der Morgen dämmerte.

Colleen schlief noch in seinen Armen. Sie würde ihre Kraft brauchen, dachte er. Er blieb noch lange Zeit reglos sitzen, um sie nicht zu wecken. Es war nicht viel mehr als eine kurze Galgenfrist des Friedens und der Ruhe. Morgan wußte es und genoß es um so mehr.

Als die Sonne aufging, weckte Morgan das Mädchen. Einen Moment erschrak sie, aber als sie sein Gesicht in der dämmrigen Höhle vor sich sah, lächelte sie ihn an.

»Ich schaue mich draußen um«, flüsterte er und löste sich von ihr.

Die Sonnenstrahlen zerteilten bereits die dampfenden Morgennebel. Der Regen hatte Tausende von neuen Blumen aufblühen lassen, und der Dschungel war eine einzige flammende Pracht aller möglicher Farben.

Colleen kam aus der kleinen Höhle gekrochen. Als sich ihre Blicke trafen, errötete sie ein wenig.

Verliebtheit, dachte er — froh und traurig zugleich. Ein Luxus, den wir uns jetzt nicht leisten können.

»Ich muß schauen, ob ich etwas zu essen für uns finde«, sagte er laut. »Geh in die Höhle zurück und bleib außer Sicht. Irgendwo in der Nähe müßten reife Bananen sein.«

»Bananen zum Frühstück sind fein«, sagte sie in einem Anflug von Galgenhumor. »Besonders mit Schlagsahne und Zucker. Heißer Kaffee wäre auch nicht schlecht.«

Er mußte grinsen.

»Wie wäre es mit Rühreier und Schinken«, sagte er. »Damit das Frühstück nicht zu einseitig und süß wird?«

»Ich würde nicht nein sagen.«

»Leider werden wir bei Bananen als einzigem Gang bleiben müssen«, sagte er. »Auch zum Mittagessen und zum Abendbrot. Wir bleiben bis zum Einbruch der Dunkelheit hier. Wenn wir nachts unterwegs sind, können wir vielleicht irgendwie mehr Abwechslung in unsere Speisekarte bringen.«

Er gab ihr seinen 45er-Revolver und erklärte ihr den Mechanismus der Waffe.

»Bleib in der Höhle«, befahl er ihr noch einmal. »Und rühr dich nicht, wenn du Geräusche hörst. Falls ich es bin, mach ich mich bemerkbar.«

Morgan holte das Gewehr aus der Höhle und wartete, bis Colleen hineingekrochen war. Er lud das Gewehr durch und begann seinen Erkundungsgang.

*

Morgan war ungefähr eine Stunde unterwegs und hatte als einzige Ausbeute fünf überreife Bananen gefunden, als er den Schuß hörte. Es war ein Gewehrschuß. Dann folgte eine Salve von mehreren weiteren Schüssen. Morgan lauschte gespannt, aber es war nichts mehr zu hören.

Er schlich langsam und vorsichtig in die Richtung der Schüsse. Vor einer Lichtung, hinter einem Vorhang von Schlinggewächsen, machte er halt und spähte ins Freie.

Ein Soldat lag mit dem Gesicht nach unten im Gras. Sein Gewehr war fort. Morgan blieb reglos stehen und musterte jeden Strauch, jeden Baum am Rande der Lichtung. Einige Sekunden vergingen. Dann hörte er ein verdächtiges Rascheln im Unterholz jenseits der Lichtung.

Morgan richtete seinen Gewehrlauf dorthin. Ein Soldat mit einer schußbereiten Maschinenpistole tauchte am jenseitigen Rande der Lichtung auf. Er erstarrte mitten in der Bewegung, als er den Toten vor sich liegen sah. Dann hob er den Kopf mit einem Ruck und schaute sich hastig um.

Er wollte sich in den Dschungel zurückziehen, als ein Gewehr über Morgans Kopf hinweg krachte. Ein dunkles Loch war plötzlich in der Brust des Soldaten. Er stolperte rückwärts, machte einen ungeschickten Seitenschritt und brach zusammen.

Morgan hatte sich inzwischen umgewandt und hochgeschaut. Er sah Manolo auf einem Ast sitzen. Ein Gewehr hatte er über die Schulter geschlungen, das andere hielt er in den Händen. Er grinste, als Morgan erleichtert seine Waffe sinken ließ.

Nachdem Manolo vom Baum herabgesprungen war, begann er auf Spanisch schnell auf Morgan einzureden. Morgan verstand, daß Manolo nach ihm und Colleen gesucht hatte, dabei auf die beiden Soldaten gestoßen war. Unter Beihilfe von Zeichensprache erklärte Manolo ihm, daß er von den anderen getrennt worden war, als die Soldaten die Hütte überfielen. Er hatte sich zur Farm des Bruders eines anderen Rebellen durchgeschlagen und von dort aus die Mitglieder von Kostas Bande benachrichtigen lassen. Kosta hatte Joey Clyde mit sich genommen und das gleiche getan. Auf diese Weise hatten sie einander ausfindig gemacht.

»Und O'Hara?« fragte Morgan.

Manolo berichtete ihm.

Morgan dachte daran, daß er Colleen die bittere Nachricht überbringen mußte. Manolo war inzwischen schnell auf die Lichtung gelaufen und hatte die Waffe und den Patronengürtel des erschossenen Soldaten an sich genommen.

Dann eilten sie beide von der Lichtung fort. Sie wußten, daß die beiden Soldaten sicherlich nicht weit von einer größeren Gruppe entfernt gewesen waren. Morgan führte Manolo zu Colleens Schlupfwinkel.

Als er die Farne beiseitebog, die den Eingang der winzigen Höhle verdeckten, kam Colleen herausgekrochen. Die Erleichterung war ihr deutlich anzusehen. Sie hatte die Schüsse gehört und gefürchtet, sie werde Morgan vielleicht nie wiedersehen.

Als sie Manolo sah, schaute sie Morgan fragend an.

So schonend wie möglich brachte er ihr die Nachricht vom Tode ihres Vaters bei. Er sah, wie ihr Gesicht seltsam starr und ausdruckslos wurde. So als begriffe sie nicht, was er ihr berichtete — oder als wollte sie es nicht glauben. Sie sah ihn noch mit diesem hölzern starren Gesichtsausdruck an, als er schon längst zu sprechen aufgehört hatte.

Dann setzte sie sich plötzlich wie eine Traumwandlerin in Bewegung und ging an Morgan und Manolo vorbei in den Dschungel.

Morgan sah Manolo an. Es war das erstemal, daß der riesige Eingeborene unglücklich aussah. Nachdem Morgan ein paar Augenblicke gewartet hatte, folgte er Colleen. Er fand sie neben einer efeuüberwachsenen Zypresse stehen und ausdruckslos in die große Wildnis des Dschungels schauen. Schweigend wartete er neben ihr, bis sie schließlich mit tonloser Stimme und ohne ihn anzuschauen zu sprechen begann.

»Mir wäre lieber, ich könnte weinen — oder so etwas. Aber er war kein Mann, dem jemand nachtrauern könnte. Er war ein Gangster —«

»Er war dein Vater«, sagte Morgan sanft.

Sie schaute verwirrt und betrübt vor sich hin.

»Ja. Das war er. Es ist — — ein so merkwürdiges Gefühl

in mir. Ich komme mir mit einem Male so leer vor. Meine Mutter habe ich nie gekannt. Er war alles, was ich hatte. Aber er schien nie die normalen Gefühle eines anderen Vaters zu haben. Man kann sich wohl nicht als Gangster bis zu seiner Machtposition hocharbeiten, ohne sich einen Schutzpanzer ums Herz zu legen. Und dieser Panzer ist bei ihm immer dicker und dicker geworden. Ich konnte nie glauben, daß er überhaupt etwas für mich empfand. Aber ich wollte immer einen Beweis von ihm haben, daß ich mich irrte.«

»Er hat dir diesen Beweis jetzt geliefert«, sagte Morgan. »Er wollte dich suchen und ist dabei getötet worden.«

»Ich weiß«, sagte sie erstickt. »Ich habe ihm vorgeworfen, daß er nur an sich denkt, und er hat versucht, mir zu erklären, daß es bei mir anders sei. Ich habe ihm nicht geglaubt. Aber jetzt hat sich gezeigt, daß er es ernst meinte. Er hat mich auf seine Art geliebt, und ich habe das nie begriffen.«

Morgan trat dicht neben sie und legte einen Arm um ihre Schultern. Sie lehnte sich gegen ihn, als könnte sie jetzt nur noch auf seine Stärke vertrauen.

»Wir müssen weiter«, sagte Morgan sanft. »Falls die Schüsse gehört worden sind, wird es hier bald von Soldaten wimmeln.«

Colleen nickte langsam.

»Ich bin bereit«, sagte sie.

Als er den Arm von ihrer Schulter nahm, blickte sie ihm einen Moment in die Augen. Dann gingen sie zu Manolo zurück und folgten ihm von der Höhle fort in den Dschungel.

Manolo folgte Pfaden, die Morgan hier nie vermutet hätte. Er führte sie zum Fluß hinunter und knietief hinein. Mehr als anderthalb Kilometer wateten sie so am Rande des Flusses dahin und gingen dann erst wieder auf festes Land zurück.

Am Nachmittag begann die Dschungelvegetation um sie her dünner zu werden. Manolo suchte einen Platz zum Rasten aus. Sie mußten bis zum Einbruch der Dunkelheit warten, bevor sie ihren Weg fortsetzen konnten.

Als es dunkel genug war, marschierten sie weiter. Sie stießen auf die ersten bestellten Felder an den Hängen von Hügeln. Nach zwei Stunden Weg kamen sie an ein kleines Adobehaus am Rande einer Farm. Manolo führte sie um das Haus herum in einen angebauten Bretterschuppen. Sie mußten sich bücken, um hineinzukommen.

Nachdem er die Tür hinter ihnen geschlossen hatte, zündete Manolo einen Kerzenstummel an. Die Hütte enthielt nur einige Ackergeräte, Säcke und einige Schlafmatten, die auf dem schmutzigen Boden lagen.

Morgan und Colleen ließen sich müde auf eine Matte sinken, und Manolo ließ sie allein. Er kehrte zehn Minuten später mit einer großen Schüssel voller heißer Bohnen und stark gewürzter Fleischbrocken zurück. Dann ging er wieder fort, und Morgan und Colleen griffen hungrig in die Schüssel und aßen.

Als Manolo diesmal zurückkehrte, brachte er Joey Clyde mit. Colleen schaute schnell hoch, als Clyde sich durch die niedrige Tür bückte. Ihre Blicke trafen sich.

»Tut mir leid, Colleen«, murmelte Joey. »Dein Vater war ein prächtiger Kerl — soviel ich davon verstehe. Für mich wird nichts mehr so sein, wie es früher war.«

Colleen senkte den Blick und sagte nichts.

Joey sah sie immer noch an. Er wollte noch mehr sagen, fand aber nicht die richtigen Worte. Schließlich zog er ein Päckchen Zigaretten aus der Tasche und hielt es ihr hin. Sie zögerte und zog schließlich eine Zigarette aus dem Päckchen. Joey Clyde gab Morgan eine Zigarette und zündete sich selbst eine an. Kurze Zeit rauchten sie schweigend. Dann sagte Clyde zu Morgan:

»Kosta wird froh sein, wenn er hört, daß Manolo dich gefunden hat. Ohne dich könnten wir den ganzen Coup nicht starten.«

»Wollt ihr jetzt noch weitermachen?«

»Wenn du mitmachst. Es hängt jetzt von dir ab.«

»Und du bleibst dabei — auch wenn O'Hara nicht mehr lebt?«

Joey Clyde nickte.

»Ich muß. Um aus diesem verdammten Land herauszukommen, brauche ich Geld.« Er sah Morgan neugierig an. »Hast du übrigens in Mataan gefunden, was du suchst?«

Morgan berichtete ihm, was in Mataan geschehen war.

»Wir haben in gewisser Hinsicht Glück«, sagte Joey Clyde. »Estella weiß überhaupt nichts über den Coup. Sie kann also auch nichts verraten. Wir können demnach den Plan so wie besprochen zu Ende führen.«

»Vielleicht haben wir das Boot nicht mehr«, gab Morgan zu bedenken. »Die Soldaten haben den Landesteg am Fluß gefunden. Sie werden Derric dort abfangen, wenn er mit der Jacht zurückkommt.«

»Derric fährt nicht in den Fluß«, erklärte ihm Clyde. »Kosta fängt ihn in einem Kanu draußen im Schilfsumpf ab. Dann werden wir benachrichtigt und gehen an einer anderen Stelle an der Küste an Bord der Jacht.«

»Kosta scheint alles ganz gut unter Kontrolle zu haben«, sagte Morgan anerkennend.

Joey Clyde nickte.

»Auf seine Weise ist dieser Kosta ein großartiger Bursche.« Er zögerte einen Moment. »Aber wir wollten noch von dir sprechen«, fügte er hinzu. »Weißt du jetzt, wie die Schatzkammer angelegt ist? Kann man sie aufsprengen?«

Morgan nickte langsam. Er mußte an das denken, was er in dem Dorf Loka gesehen hatte.

»Man kann es schaffen«, sagte er ruhig. »Und die Sache ist wohl das Risiko wert.«

Aber später in der Nacht, als die anderen schliefen, lehnte Morgan im Licht der Kerze an der Hüttenwand und überlegte, wie er in die Schatzkammer eindringen konnte.

Drei Stunden waren nicht genug Zeit. Er hatte nur den einen Vorteil, daß er nicht geräuschlos zu arbeiten brauchte. Aber er mußte durch die Tür aus Stahl und Beton am oberen Ende des Durchgangs, bevor er an das Panzergewölbe herankonnte. Und dadurch würde kostbare Zeit verlorengehen.

Von welcher Seite er die Sache auch ansah: er konnte nur dann rechtzeitig in das Gewölbe hinein, wenn sich die Panzertür als ein altmodisches Modell erweisen sollte, das die amerikanische Firma dem Diktator angedreht hatte.

Morgan zog die Skizze des Panzergewölbes aus der Tasche, die er nach der Blauskizze in dem Architektenbüro gezeichnet hatte. Das Wasser hatte einige Linien verwischt und ein paar Zahlen unleserlich gemacht. Aber die primitive Zeichnung genügte Morgan als Gedächtnisstütze, und er erinnerte sich wieder an die Einzelheiten der Originalskizze.

Er studierte die Zeichnung einige Zeit, bevor ihm etwas auffiel, was er zuvor nicht bemerkt hatte. Seine Erregung wuchs, als ihm klar wurde, was er entdeckt hatte.

Vielleicht war die Aufgabe doch zu lösen. Wenn er die richtigen Werkzeuge und Methoden benutzte — und wenn er während der ganzen Operation keinen einzigen Fehler beging.

14

In der Nacht, als die *Wanderlust* an der Küste in Richtung Mataan entlangglitt, wurde die See von einer schweren Dünung bewegt.

Sich mit der Linken am Kompaßhäuschen festhaltend, stand Morgan breitbeinig auf der Schwebebrücke und beobachtete Derric am Steuerruder. Er versuchte nicht an die kleine Gummiflasche zu denken, die an einer Schnur um seinen Hals hing und die er vorsichtig an seine Brust drückte.

Die Flasche enthielt Nitroglyzerin. Das suppige Sprengstoffgemisch füllte die Flasche bis zum Verschluß hinauf, so daß es keine Bewegungsfreiheit hatte. Die übrige Ausrüstung, die Derric mitgebracht hatte, lag unten verstaut. Aber das Nitroglyzerin mußte Morgan in seine persönliche Obhut nehmen. Zu große Wärme oder ein leichter Stoß konnten den Sprengstoff zur Entzündung bringen. Und die Sprengwirkung der kleinen Flasche war stärker, als wenn das Dynamit und alle übrige Munition an Bord auf einmal in die Luft geflogen wären.

Morgan hatte die »Nitro-Suppe« früher schon bei anderen Coups benutzt, und er hatte die Sprengflüssigkeit immer auf diese Weise befördert. Aber er hatte dabei auch immer echte Angst gespürt.

Derric lenkte in diesem Moment das Boot mit einer leichten Ruderbewegung näher zum Ufer hin.

»Dort müßte es sein«, sagte er leise. »Versuch das Blinksignal.«

Morgan dachte daran, was geschehen würde, wenn ihn eine plötzliche Wellenbewegung gegen das Kompaßhäuschen schleuderte. Aber er ließ trotzdem das Kompaßhäuschen los und schaltete mit der Linken schnell das Positionslicht des Bootes an und wieder aus.

Dann warteten sie und spähten ans dunkle Ufer. Dort rührte sich nichts.

»Du mußt noch näher heranfahren«, sagte Morgan. »Bei diesem Wellengang mit den vielen Schaumkappen ist es möglich, daß sie das Signal nicht gesichtet haben.«

Derric lenkte die Jacht noch näher an die Küste. Morgan ließ das Positionslicht zweimal aufblinken.

Jetzt flammte ein kleiner Lichtpunkt am dunklen Ufer auf. Er erschien noch zweimal kurz hintereinander.

»Guter Orientierungssinn«, lobte Morgan. »Wir stoßen direkt mit der Nase auf die Stelle.«

Derric lächelte dünn und lenkte die Jacht dorthin, wo die drei Lichtsignale hergekommen waren.

Sie glitten in eine winzige Bucht. Die See war hier viel ruhiger. Carlos Valdes hatte diese Bucht ausfindig gemacht und den Rebellen davon durch Manolo Nachricht zukommen lassen. Ein Villenneubau mit einem kleinen Privatkai war hier erst vor kurzem errichtet worden und noch nicht bewohnt.

Im Mondlicht tauchten die Umrisse der Villa aus der Dunkelheit hervor. Als der Bug der Jacht an die Pfosten des Kais heranglitt, lösten sich Gestalten aus dem Schatten unterhalb der Villa und eilten auf den Landesteg. Derric warf ihnen die Leinen zu, und sie vertäuten das Boot.

Während Kostas Rebellen noch aus der Jacht stiegen, rollte bereits ein Lastwagen mit abgeschalteten Scheinwerfern auf den Kai. Einige Männer sprangen ins Boot, und einer blieb am Rand des Kais stehen und erteilte die Befehle.

Morgan sah, daß es Valdes war. Die Männer luden schweigend die Munitionskisten, die Waffen und die Behälter mit Dynamit und Handgranaten sowie Morgans Werkzeuge aus. Alles wurde im Lastwagen verstaut. Dann stiegen alle mit Kosta und seinen Rebellen auf den Wagen.

Nur Morgan ging noch einmal an Bord der Jacht.

»Denk daran, daß du erst an die Festung heranfährst, wenn wir dir von dort signalisieren«, sagte er zu Derric. »Das Kanonenboot ist inzwischen außer Gefecht gesetzt. Valdes hat dafür gesorgt.«

»Ich weiß Bescheid«, antwortete Derric kurz.

»Und paß auf Colleen auf.«

»Natürlich«, antwortete Derric mit ausdruckslosem Gesicht.

Morgan sprang auf den Kai zurück und sah, daß Colleen dort auf ihn wartete.

»Wenn wir alle genug Glück haben, sehen wir uns morgen wieder«, sagte er.

Sie nickte nur und sah ihn an. Aber als er auf den wartenden Lastwagen zugehen wollte, ergriff sie seinen Arm.

»Morg — — ich — — ich werde für dich beten.«

Er schaute sie verwirrt an, und sie lachte verlegen.

»Ich weiß, daß es hier zwischen diesen Männern und unter diesen Umständen verrückt klingt. Ich meine — — ich wünsche dir viel Glück.«

Morgan hob die Hand und strich Colleen eine Locke aus der Stirn.

»Das können wir alle brauchen«, sagte er sanft. »Gebete und auch Glück.«

Dann ging er an ihr vorbei auf den Lastwagen zu.

*

Als Colleen an Bord war, löste Derric die Vertäuung und ging auf die Schwebebrücke ans Steuerruder. Fünf Minuten später war das Boot vom Land aus nicht mehr zu sehen.

Derric dachte an das Mädchen, das mit ihm allein im Boot war. Aber nicht lange. Mit ihr würde er sich beschäftigen, wenn morgen alles vorüber war.

Der Plan war so gut — und für ihn so sicher. Auch wenn der ganze Coup mißlang, konnte er sich immer noch unversehrt zurückziehen. Und wenn alles gelang, machte er sich als reicher Mann aus dem Staube.

Kosta würde das Verladen der Goldbeute von der Mauer der Festung ins Boot hinab überwachen. Von seiner Position aus konnte Kosta jederzeit ins Boot springen, wenn die Soldaten ins Fort eindrangen. Keiner von den anderen würde die Jacht dann noch erreichen. Dafür würden Derric und Kosta sorgen.

Sie würden nach Norden in Richtung der Staaten fahren. Nur Derric und Kosta und soviel Gold, wie sie an Bord bekommen konnten, bevor Diaz' Soldaten die Festung zurückeroberten. Natürlich würde auch Colleen an Bord sein.

Es war ein wunderbarer Plan.

Es war vier Uhr morgens, als der Lastwagen über genau ausgekundschaftete Feldwege und durch Hintergassen in die Stadt fuhr. Die Straßen waren leer. Die Häuser lagen dunkel da.

Der Lastwagen machte in einer schmalen Gasse hinter der Kathedrale halt, die der Festung del Rey an dem großen Platz gegenüberlag. Carlos Valdes sprang als erster vom Wagen. Morgan, Joey Clyde und Kosta folgten. Eine kleine Hinterpforte der Kathedrale öffnete sich. Dahinter war es dunkel.

Morgan tastete sich als erster mit den Füßen und einer Hand ins Innere der Kirche. Seine Hand berührte kalten, glatten Stein und dann eine Mauerecke. Dahinter wartete ein Mann, der den schwachen Lichtschein einer Kerze noch mit der Hand abschirmte. Er war schmächtig, gut gekleidet und trug eine Hornbrille. Das Gewehr und der Patronengürtel, die er über beide Schultern geschnallt trug, paßten nicht zu seinem sonstigen friedfertigen Äußeren.

Morgan folgte dem Mann eine schmale Treppe in das Kellergewölbe unter der Kathedrale. Im ungewissen Flakkern des Kerzenlichts sah Morgan die anderen Männer im Keller. Aber es wurde kein Wort gewechselt.

Kostas Rebellen brachten die Waffen, die Munition und Morgans Ausrüstung herunter. Morgan entdeckte ein kleines, helles Rechteck, durch das Mondlicht in den Keller drang. Er ging hin und sah, daß es ein Kellerfenster in Augenhöhe war. Die schießschartenartig schmale Luke lag etwa einen halben Meter über dem Kopfsteinpflaster und gab den Blick über die Weite des Platzes auf die Festung frei. Morgan schätzte, daß die Steinmauer der Festung drüben mehr als sechs Meter hoch war. Zwei hohe, rechteckige Türme lagen links und rechts vom Eingangstor. Zwei weitere Wachtürme ragten an den Ecken empor, wo Vordermauer und Seitenmauern zusammentrafen. Das Tor selbst war drei Meter hoch und zehn Meter breit. Es bestand aus massiven Holzbalken, die von Eisenbändern zusammengehalten wurden.

Valdes trat neben Morgan und schaute ins Freie.

»Recht eindrucksvoll, nicht wahr?« sagte er. »Du wirst jetzt verstehen, daß wir diese Festung eine Weile halten können — auch gegen Diaz' Armee.«

Morgan nickte.

»Aber ich sehe auch, daß es für uns höllisch schwer sein wird, hineinzukommen.«

»Nicht, wenn es uns gelingt, den größten Teil der Besatzung herauszulocken.«

»Euer Plan muß gut wirken«, antwortete Morgan. »Sonst kommen wir nie in die Festung. Sind etwa Kanonen von drinnen auf den Platz gerichtet?«

»Nein. Die einzigen Kanonen in der Festung zielen aufs Meer hinaus. Es sind uralte Dinger – ziemlich wirkungslos. Aber wir müssen sie trotzdem auch außer Gefecht setzen, bevor die Jacht näherkommen kann.« Valdes löste den Haltehaken und ließ den Metalldeckel der Luke herunterklappen. »Besser, wenn wir jetzt alles dicht machen«, erklärte er. »Es könnte doch jemand etwas sehen.«

»Wie sieht es sonst in der Stadt aus?« fragte Morgan.

»Die Geheimpolizei weiß, daß etwas geschehen wird. Vier von meinen Gefährten sind gestern bei einer Razzia gegen Verdächtige festgenommen worden. Aber die Geheimpolizei hat nichts von unseren Plänen erfahren.«

»Wird das Kanonenboot im Hafen außer Gefecht gesetzt?«

Valdes nickte.

»Dafür wird gesorgt.«

Sie kehrten zu den anderen zurück, und Kosta und Valdes begannen die Männer für ihre verschiedenen Aufgabenbereiche einzuteilen. Mit keinem Wort wurde erwähnt, daß die Jacht viel zu klein war, um allen am Kampf beteiligten Rebellen und den Revolutionären aus der Stadt die Flucht aus der Festung zu ermöglichen, falls sie von den Soldaten zurückerobert wurde. Die Männer hatten sich damit abgefunden, daß einige von ihnen sterben mußten, um das Gelingen der Revolution zu sichern. Insgeheim hoffte wohl jeder, daß er zu den glücklichen Überlebenden gehören würde.

Als Kosta seine Anweisungen erteilt hatte, sagte Morgan:

»Ich muß Manolo die ganze Zeit über bei mir haben. Es könnte sein, daß ich für einen Teil der Arbeit einen kräftigen Mann brauche.«

Kosta gefiel das nicht, aber Morgan beharrte auf seinem Standpunkt.

»Ich brauche Manolo. Und wenn ich meine Arbeit nicht richtig ausführen kann, brauchen wir den ganzen Coup überhaupt nicht erst zu starten.«

Das war ein Argument, dem auch Kosta nichts entgegenzusetzen hatte. Er zuckte mit den Schultern und willigte ein.

Die Männer öffneten die Kisten und Kästen und verteilten das Dynamit, die Handgranaten und die Munition.

Kurz vor Anbruch der Morgendämmerung war in der Ferne eine Explosion zu hören. Morgan hob den Kopf.

»Was war das?« fragte er.

»Das Kanonenboot«, antwortete Valdes gepreßt. »Darüber brauchen wir uns jetzt keine Gedanken mehr zu machen.«

15

Carlos Valdes lag auf dem Dach eines Hauses an der Straße, durch die der Waffentransport für die Festung geleitet werden sollte. Er lag dort, eine Flasche voller Benzin mit einem herausragenden Docht in einer Hand und das Gewehr in der anderen. Seine Finger krampften sich um das Gewehrschloß, aber der enge Kontakt mit der Waffe gab ihm keinen Mut.

Er würde versagen. Er wußte es. Im letzten Moment würde ihm der Mut zur Tat fehlen.

Valdes hielt sich für einen körperlichen Feigling, weil er das Gefühl der Furcht so deutlich in sich spürte. Er schämte sich vor den beiden Männern, die scheinbar so ruhig hinter ihm lagen. Auf dem gegenüberliegenden Dach lagen ebenfalls drei Männer, und noch drei kauerten hinter den Abfalltonnen unten in der Gasse. Er selbst hatte die Position der Männer sorgfältig ausgewählt. Jetzt warteten sie alle darauf, daß er das Startzeichen gab.

Und er wußte, daß er dazu nicht fähig war. Die kalte, schleimige Angst wühlte in seinen Eingeweiden, und er war unfähig, sich zu bewegen.

Auf dem Dach jenseits der Straße hob einer von seinen Männern die Hand.

Valdes preßte die Zähne zusammen. Dann begann er wie ein Automat zu reagieren. Er ließ Gewehr und Flasche los, nahm die vor ihm liegende Streichholzschachtel und setzte den Docht in Brand, der in die mit Benzin gefüllte Flasche führte.

Ein Jeep mit vier Soldaten kam unten um die Ecke. Die

Morgensonne schimmerte auf ihren Helmen und den Gewehrläufen. Dahinter rollte der Lastwagen mit den Waffen und der Munition in die enge Gasse — gefolgt von einem weiteren Jeep mit vier Soldaten. Der erste Jeep passierte jetzt unten den Hinterhalt.

Valdes richtete sich auf die Knie auf, rutschte näher an den Dachrand und hob die Flasche mit dem brennenden Docht. Er wußte in diesem Moment nicht, daß er die Tat vollbrachte, deren er sich für unfähig gehalten hatte. Er dachte überhaupt nicht, sondern handelte nur instinktiv und zielbewußt.

Der Lastwagen rumpelte unter ihm die Straße entlang. Valdes zielte und warf die primitive Brandbombe. Sie wirbelte durch die Luft und zerschellte an der Tür des Lastwagens. Das ausströmende Benzin entzündete sich sofort und hüllte die eine Seite der Fahrerkabine in lodernde Flammen.

Der Lastwagen kam ins Schleudern und rammte einen Telefonmast. Keiner entkam aus der brennenden Fahrerkabine. Die wenigen Passanten auf der Straße verschwanden sofort in den nächstgelegenen Hauseingängen.

Die beiden Jeeps bremsten scharf. Die Soldaten sprangen heraus und begannen fast sofort auf die Dächer zu feuern. Ohne auf die schwirrenden Kugeln zu achten, griff Valdes nach seinem Gewehr, legte an und zielte auf einen Soldaten. Als er abgedrückt hatte, sah er den Soldaten unten zusammenbrechen und sein Gewehr fallenlassen.

Valdes spürte im Augenblick nichts bei dem Anblick. Es war, als hätte er auf eine bewegliche Puppe gezielt.

Eine Kugel riß an seinem Jackenärmel, und er spürte einen brennenden Schmerz an der Außenseite des Unterarms. Als er hinschaute, bemerkte er mit einer Art geistesabwesendem Erstaunen, daß er blutete. Er warf sich flach auf den Bauch, schob den Gewehrlauf über den Dachrand und zielte auf den Helm eines Soldaten, der hinter dem Kühler des vorderen Jeeps kauerte. Im gleichen Augenblick warfen zwei Männer vom Dach herunter Handgranaten auf den zweiten Jeep.

Scheiben klirrten und zersprangen, als die Handgranaten explodierten. Der Jeep wurde zur Seite geworfen, und die vier Soldaten wirbelten durch die Luft und fielen als schlaffe Kleiderbündel auf das Pflaster zurück.

Die drei Männer unten in der Gasse stürzten aus ihrem Versteck, rissen die Hinterklappe des Lastwagens auf und schwangen sich hinein. Die Männer auf beiden Dächern konzentrierten jetzt ihr Feuer auf den vorderen Jeep, bemühten sich dabei jedoch, die beiden noch lebenden Soldaten nicht zu treffen. Das Sperrfeuer hatte die beabsichtigte Wirkung. Einer von den Soldaten sprang auf und rannte weg. Der andere schwang sich hinters Steuerrad des Jeeps und jagte mit aufbrüllendem Motor in Richtung der Festung del Rey davon.

Valdes richtete sich auf, eilte über das Dach zur Feuerleiter und klomm schnell auf die Straße hinunter. Er erreichte den brennenden Lastwagen gleichzeitig mit den anderen Männern von den Dächern. Die Männer drinnen kümmerten sich nicht um die Gewehre, sondern reichten nur Maschinenpistolen, Maschinengewehre und die dazugehörige Munition aus dem Wagen.

In einem Moment der Klarsicht erkannte Valdes plötzlich, was er tat. Es kam ihm zum Bewußtsein, daß er keine Furcht verspürt hatte, sobald die Aktionen in Gang gekommen waren. Erst jetzt, beim Nachdenken darüber, empfand er wieder Furcht. Aber er hatte viel zuviel zu tun, um sich länger mit dem Gedanken zu beschäftigen.

*

Durch das Kellerfenster der Kathedrale beobachteten Kosta und Morgan den Jeep, der mit dem einzelnen Soldaten über den leeren Platz auf die Festung zuraste. Die großen Torflügel schwangen auf und schlossen sich hinter dem Jeep.

Wenige Minuten später öffneten sich die Torflügel wieder. Drei Jeeps und zwei Personenwagen — bis zum Rand vollgeladen mit Soldaten und Geheimpolizisten — überquerten den Platz und rasten dorthin, wo der Lastwagen überfallen worden war. Etwa drei Viertel der Besatzung war außerhalb der Festung, als sich die Tore wieder schlossen.

*

Auf einem von den quadratischen Türmen neben dem Tor stand Colonel Targo neben der Maschinengewehrmannschaft und spähte durch ein Fernglas in das Gebiet, wo der Lastwagen überfallen worden war. Aber Häuser blockierten die Sicht. Er sah nur eine dünne Rauchwolke über den Dächern aufsteigen. Langsam und mit undurchdringlichem Gesichtsausdruck setzte er das Fernglas ab.

Targo war jetzt sicher, daß der Überfall auf den Lastwagen das Startzeichen für irgendeinen Angriff war, den Kosta und Valdes geplant hatten. Das erste Vorzeichen war die Sprengung des Kanonenbootes mit einer Zeitzünderbombe heute im Morgengrauen gewesen. Jetzt war den Rebellen eine Wagenladung voller Waffen und Munition in die Hände gefallen. Er mußte herausfinden, wo sie als nächstes zuschlagen würden — und zwar, bevor es zu spät war.

Colonel Targo verließ den Turm und eilte in die Kasematten unter der Festung. Dort waren seine schärfsten Vernehmungsbeamten dabei, aus den bei der Razzia Verhafteten die Wahrheit herauszupressen.

*

Am Dachrand, direkt über dem brennenden Lastwagen, lag der einzige Rebell, den Valdes zurückgelassen hatte. Im normalen Leben war er Verkäufer in einem Lebensmittelgeschäft. Jetzt hielt er fünf mit Draht zusammengebundene Dynamitstäbe in der Hand.

Unter ihm rollte die motorisierte Kavalkade aus der Festung eben in die Gasse. Die Jeeps und Wagen hielten, dicht aneinandergedrängt, vor dem brennenden Lastwagen an, und die bewaffneten Soldaten und Geheimpolizisten sprangen heraus.

Der Mann auf dem Dach hob die Hand und warf das Bündel von Dynamitstäben in die Tiefe. Er wich zurück und duckte sich flach aufs Dach, als das Dynamit in den brennenden Lastwagen fiel.

Der Lastwagen wurde mit einem vulkanartigen Donnern auseinandergerissen, als das Dynamit explodierte, und die übrige Munition und der Benzintank in die Luft flogen. Das Haus unter dem Mann wurde wie von einem Erdbeben erschüttert. Die verstümmelten Körper von Soldaten flogen durch die Luft. Ein Wagen fiel um. Die anderen wurden zu einem Trümmerhaufen zusammengeschleudert.

Der Mann auf dem Dach kroch zur Feuerleiter und flüchtete durch eine Hintergasse. Er wohnte in einem Haus am Stadtrand. Dorthin würde er jetzt gehen, sich ins Bett legen und eine Flasche Wein bis zum letzten Tropfen leeren. Er hatte seine Aufgabe erfüllt. Wenn nur die anderen ebenso erfolgreich waren wie er.

*

Valdes und seine sieben Gefährten hörten die donnernde Explosion, als sie die Hinterfront der Kathedrale erreichten. Kosta wartete mit seinen Männern schon neben den beiden Lastwagen, deren Innenwände mit starkem Eisenblech ausgelegt worden waren.

Dreißig Sekunden später sah Morgan durch das Kellerfenster einen der Lastwagen über den Platz auf das Tor der Festung del Rey zurasen. Zwanzig Meter dahinter folgte der zweite Lastwagen mit Joey Clyde am Steuer und mit bewaffneten Männern vollgeladen.

Der erste Lastwagen war halbwegs über den Platz, als die Maschinengewehre in den vier Wachtürmen ihr tödliches Rattern und Hämmern begannen. Während die ersten Kugeln in den Kühler schlugen, lenkte der Fahrer des Lastwagens geradewegs auf das Festungstor zu, und der Mann neben ihm zog die verknoteten Seile fest, die das Steuerrad unbeweglich machen sollten, wenn es losgelassen wurde.

Sie duckten sich beide, als die Windschutzscheibe zersprang, und sie mit einem Hagel von Glassplittern übersät wurden. Im nächsten Moment stießen sie die Türen auf und sprangen auf die Trittbretter hinunter. Eine Maschinengewehrsalve durchlöcherte Brust und Magen des Fahrers, und er fiel aufs Pflaster. Aber der andere Mann sprang ungetroffen hinunter, überschlug sich mehrere Male und blieb mit gespreizten Armen und Beinen liegen. Er spielte tot und betete inständig, daß der Trick gelänge.

Der führerlose Lastwagen, dessen Gashebel von einem Stein bis zum Anschlag niedergedrückt wurde, jagte geradeaus auf das Tor zu. Eine Sekunde vor dem Anprall sprangen Kosta und fünf von seinen Banditen hinten heraus und warfen sich aufs Pflaster. Der Lastwagen krachte in voller Fahrt gegen das Tor. Die Wucht des Anpralls hob die Hinterräder für Augenblicke in die Luft. Kühler und Motorblock rammten die Torflügel mit solcher Gewalt, daß sie in die Führerkabine zurückgeschoben wurden. Aber die Torflügel knickten nach innen ein und wurden teilweise aus den Angeln gerissen.

Durch einen Hagel von Maschinengewehrfeuer rannte Kosta mit seinen Männern auf das Tor und den Lastwagen zu. Zwei Banditen blieben im Kugelregen liegen. Aber Kosta und die drei anderen konnten sich in den Wagenkasten schwingen. Das Maschinengewehrfeuer konzentrierte sich jetzt auf diesen Lastwagen, aber die Eisenblechplatten boten relativ guten Schutz gegen die Salven.

Kosta brachte die Zündschnur einer Dynamitstange am glühenden Ende der in seinem Mundwinkel hängenden Zigarre zum Glimmen und schleuderte das Dynamit in den Spalt zwischen der Mauer und dem teilweise aus den Angeln gerissenen Torflügel. Dann warf er sich neben seinen Männern auf den Boden des Wagenkastens.

Die Explosion riß den einen Torflügel vollends aus den Angeln und schleuderte ihn vom Mauerbogen fort in den Durchgang. Im gleichen Moment bremste der zweite Lastwagen neben dem ersten. Joey Clyde riß die Tür der Fahrerkabine auf und sprang zwischen den beiden Wagen in Deckung.

Die Maschinengewehre von allen vier Türmen feuerten jetzt auf die beiden Lastwagen. Doch im Schutz der Eisenplatten konnten die meisten Rebellen unversehrt die Wagen verlassen und sofort dazwischen in Deckung springen.

Kosta stürmte als erster mit seinen drei Banditen durch das Tor. Valdes folgte mit den übrigen Banditen und Rebellen in den Durchgang und aufs Paradefeld hinter der Mauer.

Die ersten Soldaten stürzten aus den Gebäuden, um das

Tor zu verteidigen. Salven von Maschinenpistolen mähten die meisten nieder und trieben den Rest in die Gebäude zurück.

Kosta lief auf den Torbogen und die Steintreppe zu, die zwischen der Innen- und Außenfront der Umfassungsmauer auf die Mauerkrone hinaufführte. Der Angriff auf die Maschinengewehrnester in den Türmen begann.

*

Die Felsbasis unter der Festung del Rey war so dick, daß Colonel Targo unten in den Kasematten nichts von dem Feuergefecht und dem Rebellenangriff wahrnahm. Er hörte nur das Schrillen des Telefons in dem Gewölberaum, der zu den verschiedenen Zellen führte. Durch das düster erleuchtete Steingewölbe ging er auf den Schreibtisch zu und griff nach dem Telefonhörer. Sein Gesicht wurde aschfahl, als er das verstörte Stammeln eines Offiziers hörte. Ohne die Alarmmeldung zu Ende zu hören, warf er den Hörer auf die Gabel. Er rannte aus dem Gewölbe und durch den schmalen Gang auf die in den Fels gehauene Treppe zu. Schon auf halbem Wege nach oben sah er, daß die Panzertür geschlossen war. Er rannte trotzdem hinauf und warf sich gegen die Eisenplatten, obwohl er wußte, daß es völlig sinnlos war. Irgendein Idiot hatte auf den Knopf gedrückt, der diese Panzertür automatisch verschloß.

Es gab keine Möglichkeit, diese Tür von innen zu öffnen. Er saß in seinem eigenen unterirdischen Verlies gefangen.

*

In der Vordermauer hatten die Rebellen inzwischen den Gang erreicht, der die Verbindung zwischen den vier Wendeltreppen zu den Türmen herstellte. Wie zuvor verabredet, teilten sich die Männer in Gruppen auf. Kosta führte eine Gruppe, Valdes eine zweite, Joey Clyde und ein bärtiger Rebell die beiden übrigen Gruppen.

Kosta lief als erster mit einer Handgranate die Wendeltreppe empor. Seine Männer folgten ihm mit schußbereiten Maschinenpistolen. Er wollte eben um die letzte Kurve hinaufrennen, als von oben her ein Revolver krachte und die Kugel rechts von ihm in die Wand klatschte.

Kosta duckte sich um die Biegung zurück, zog die Handgranate ab und begann langsam zu zählen, während seine Männer Feuerstöße nach oben sandten. Dann sprang er drei Stufen auf einmal empor, schleuderte die Handgranate in das Turmzimmer und sprang um die Biegung nach unten in Deckung zurück.

Die ohrenbetäubende Explosion der Handgranate im Turmzimmer folgte unmittelbar. Kosta und seine Männer stürmten die Treppe hinauf. Aber sie brauchten ihre Waffen nicht mehr zu benutzen. Die beiden Maschinengewehrschützen lagen tot auf dem Steinboden.

Eine Sekunde später explodierte eine Handgranate im Turmzimmer an der anderen Seite des Tores. Valdes und seine Männer hatten dieses Maschinengewehrnest ausgeräuchert. Sie schwenkten den Lauf sofort herum und begannen auf den linken Eckturm zu schießen, während Kostas Mannschaft den gleichen Angriff auf das rechte Maschinengewehrnest startete. Zur gleichen Zeit griffen die beiden anderen Gruppen die Maschinengewehrstellungen in den Türmen von unten an. Als die Maschinengewehrmannschaften von zwei Seiten ins Kreuzfeuer genommen wurden, ergaben sie sich schnell.

*

Am Kellerfenster der Kathedrale sah Morgan das verabredete Signal: ein weißes Tuch, das auf einem Turm hin und her geschwenkt wurde. Er eilte aus dem Keller und überquerte den Platz in schnellem Schritt, aber ohne zu rennen. Unter dem Hemd hielt er die Gummiflasche sanft an die Brust gedrückt. Ihm folgten Manolo mit zwei großen Koffern voller Werkzeuge und zwei weitere Rebellen mit den Sauerstoff- und Karbidtanks.

Als sie den schmalen Durchgang zwischen den Lastwagen erreichten, sah Morgan, daß einige Rebellen bereits Dynamitstäbe zwischen die Räder schoben und von dort aus Fährten von Schießpulver in die Festung streuten. Das war ein Trick, den Morgan von den Japanern im Pazifik gelernt hatte.

Innerhalb der Festungsmauern waren noch einzelne Schüsse und kurze Feuerstöße zu hören, als die Rebellen die letzten Widerstandsnester ausräucherten. Aber das ging Morgan nichts an. Er betrat das Verwaltungsgebäude, wandte sich einem hohen Torbogen zu und stieg eine enge, düstere Treppe hinunter.

16

Tief im Felsgrund unter der Festung, noch unterhalb der höhlenartigen Räume, die das Pulvermagazin und die riesige Zisterne enthielten, stieß Morgan auf das erste Hindernis: die äußere Panzertür, die den Zugang zu den Kasematten und der Schatzkammer versperrte.

Manolo und seine beiden Helfer setzten die Tanks und die Koffer ab. Morgan schob vorsichtig die Schlinge über den Kopf und stellte die Gummiflasche mit Nitroglyzerin in eine Wandnische. Jetzt konnte er sich frei bewegen.

Im Licht der einzelnen Glühbirne, die von der niedrigen, in den Fels gehauenen Decke herabhing, untersuchte er das Schloß. Es war so beschaffen, wie es die Beschreibung in den Papieren des Baumeisters angab: Ein Kombinationsschloß und die Tür mit Stahlplatten und Betonfüllung. Die ganze Tür war in einen Stahlrahmen eingelassen, was die Sprengung noch erschwerte.

Morgan trat zurück und überlegte einen Moment. Dann nahm er aus einem Koffer eine hochkerzige, mit Batteriestrom gespeiste Arbeitslampe und stellte sie vier Schritt von der Tür entfernt auf. Als nächstes schraubte er die Birne aus der Fassung und schloß dort mit einer Steckerfassung die Zuleitungsschnur für seinen elektrischen Drillbohrer an. Aus einem Sortiment von Bohrereinsätzen suchte er den für Stahlplatten am besten geeigneten heraus und befestigte ihn. Er schaltete den Bohrer ein und setzte ihn an der richtigen Stelle über der Drehscheibe des Kombinationsschlosses an. Ein langgezogener, kreischender Ton erfüllte die Enge des Ganges, als der Drillbohrer sich in die Oberfläche der Stahlplatte fraß.

*

Auf dem Paradefeld erteilten Kosta und Valdes ihren Männern die Befehle beim Bau von Barrikaden aus Sandsäcken und Möbelstücken vor den Offiziersquartieren und den Baracken, die dem Tor gegenüberlagen.

Der erste Widerstand begann sich zu regen, während die Männer noch an der Arbeit waren. Die überlebenden Soldaten aus der Gasse, wo der Lastwagen überfallen worden war, näherten sich zu Fuß unter Führung eines Offiziers der Festung. Sie zögerten, als sie das aufgesprengte Tor sahen. Aber der Offizier trieb sie weiter.

Die Rebellen in den Wachtürmen standen an den Maschinengewehren bereit und warteten; wie man es ihnen befohlen hatte. Die Gruppe von etwa zwanzig Soldaten hatte den Platz vor der Festung zu zwei Drittel überquert, als die vier Maschinengewehre zu gleicher Zeit ihr mörderisches Feuer auf sie eröffneten. Die Soldaten wurden im Kreuzfeuer erbarmungslos niedergemäht. Die Hälfte starb innerhalb von Sekunden. Nur sechs von ihnen gelang die Flucht von dem offenen Platz.

Kosta und Valdes trieben ihre Männer beim Bau der Barrikaden zur Eile an. Joey Clyde hatte inzwischen Rebellen mit Maschinenpistolen an den verschiedenen Schießscharten auf den drei anderen Seitenmauern postiert, falls Soldaten versuchen sollten, in Booten an die Festung heranzukommen.

Ein Panzerwagen erschien in der schmalen Gasse neben der Kathedrale und hielt an der Einmündung in den Platz an. Der Offizier neben dem Fahrer hob ein Fernglas an die

Augen und begann die Vorderfront der Festung abzusuchen.

Valdes spähte aus dem zertrümmerten Tor zu dem Panzerwagen hinüber und wußte, was dessen Ankunft zu bedeuten hatte. Der Wagen war die Vorhut der Armeeinheiten aus Schloß Brogada jenseits der Stadt. Innerhalb der nächsten Minuten würde also Diaz' halbe Armee die Festung angreifen.

*

Im Granitsockel unter der Festung konnte zwar Morgan nicht hören, was oben vorging, aber er spürte fast körperlich deutlich das Verrinnen der kostbaren Sekunden. Das eintönige Kreischen des Drillbohrers tönte fort und fort. Manolo und die beiden anderen beobachteten Morgans Hantierungen mit jener Mischung aus Faszination und Respekt, die überall der Arbeit eines Meisters in seinem Fach entgegengebracht wird.

Morgan mochte ungefähr fünfzehn Minuten gebohrt haben, und die Bohrerspitze war etwa ein Achtel Zoll in die Stahlplatte eingedrungen, als sie abbrach. Sie war auf eine Lage von härterem Stahl gestoßen.

Mit ausdruckslosem Gesicht schaltete Morgan den Bohrer aus, legte ihn zur Seite und zog mit einer langen Pinzette das abgebrochene Ende aus dem Bohrloch. Dann wählte er einen Bohreinsatz, der sich zwar langsamer durchs Metall fraß, dafür aber widerstandsfähiger war, und steckte ihn in den Apparat.

Nach ungefähr sieben Minuten hielt Morgan inne und wechselte den zu heiß gewordenen Einsatz gegen einen kalten aus. Dann schaltete er den Drillbohrer wieder ein.

*

Der erste Angriff der Regierungstruppen wurde von zwei Lastwagen und drei gepanzerten Jeeps vorgetragen. Im Feuer der vier Maschinengewehre rasten sie über den Platz und schwenkten dann zu einem dreifachen Angriffsmanöver auseinander. Zwei Flankenangriffe stellten jedoch nur eine Finte dar. Je ein gepanzerter Jeep fuhren dicht an die Mauer links und rechts vom Tor und schwenkten zu den Seitentürmen ab. Die Soldaten in den Jeeps hielten die Rebellen auf den Mauern mit Maschinengewehren in Schach und warfen Handgranaten hinauf, als sie nahe genug waren.

Der wirkliche Angriff wurde jedoch von den beiden Lastwagen und dem dritten Jeep gegen das zertrümmerte Tor vorgetragen. Sobald sie nahe genug waren, sprangen die Soldaten von den Wagen und gingen zwischen den beiden Rebellenlastwagen in Deckung. Sie stürmten durch das zertrümmerte Tor und den Durchgang und begannen zu feuern, sobald sie auf dem Paradefeld waren.

Valdes und seine Männer hinter den Barrikaden warteten. Joey Clyde und seine Leute hinter den Fenstern der Baracken taten das gleiche.

In einem der Türme oberhalb des Tors wartete Kosta mit einer Benzinflasche und bereits brennendem Docht. Er wartete, bis etwa fünfundzwanzig Soldaten innerhalb der Festung waren und warf dann die Benzinflasche durch eine Schießscharte zwischen die Rebellenlastwagen. Die Flasche zerschellte auf den Pflastersteinen und das brennende Benzin spritzte umher und entzündete die Pulverfährten. Die Feuerzungen fraßen sich am Pulver entlang zu den Dynamitstäben hin, die unter beiden Lastwagen befestigt waren.

Das Dynamit ging mit einem Donnergetöse los. Die Festungsmauern bebten. Soldaten wurden in Stücke gerissen, und die beiden Rebellenlastwagen wurden zu einer wirren Masse von Schrott zusammengeschmettert, die jetzt das Tor völlig blockierte.

Als die Wolke von beißendem Pulverdampf sich verzogen hatte, sah Kosta, daß die beiden Jeeps, die den Scheinangriff durchgeführt hatten, in voller Fahrt über den Platz flüchteten. Ihnen folgten zwanzig, dreißig überlebende Soldaten, die verzweifelt versuchten, dem Streufeuer der Maschinengewehre zu entgehen und außer Schußweite zu kommen.

Die Soldaten auf dem Paradefeld sahen sich plötzlich in einer Falle gefangen. Der Rückzug war ihnen durch die zertrümmerten Lastwagen abgeschnitten, und wohin sie sich auch wandten, wurden sie von mörderischem Schnellfeuer empfangen.

Innerhalb von Sekunden hatten sie zehn Mann verloren. Die übrigen erkannten schnell genug, daß sie keine Chancen hatten und ergaben sich.

Valdes stieg über die Barrikade. Seine Männer begannen die weggeworfenen Waffen einzusammeln. Die Gefangenen wurden in einen fensterlosen Kellerraum eingesperrt, der einst als Munitionslager gedient hatte und mit einer eisernen Falltür verschlossen war.

Joey Clyde war voller Triumphgefühl, als er die Wendeltreppe zu Kostas Turmzimmer emporrannte.

»Das war großartig!« rief er. »Einfach großartig.«

»Bald wird es viel weniger großartig werden«, antwortete Kosta grimmig und deutete über den Platz. »Schau.«

Joey Clyde sah, wie Soldaten im Schutz von Lastwagen beiderseits der Kathedrale irgendwelche Geräte in Stellung brachten.

»Was ist das?« fragte er.

»Mörser«, sagte Kosta. »Sie wollen damit über die

Mauern feuern. Und schau zum Glockenturm der Kathedrale hinauf.«

Joey Clyde spähte hinüber und sah, wie aus den Kirchturmfenstern die Mündungen von Maschinengewehren sich auf die Festung zu richten begannen.

»Sie wollen versuchen, die Maschinengewehrtürme auszuschalten, bevor sie einen neuen Angriff starten«, sagte Clyde grimmig. »Sie sind nicht dumm.«

Kosta nickte.

»Und wenn sie die Maschinengewehre erst zum Schweigen gebracht haben, werden sie zu Hunderten angreifen. Ich weiß nicht, wie lange wir sie abwehren können.«

Joey Clyde eilte vom Turm herunter, um Valdes zu warnen.

*

Morgan schaltete den Drillbohrer ab und legte ihn in den Werkzeugkoffer. Dicht oberhalb der Drehscheibe führte jetzt ein dünnes Loch einen halben Zoll tief schräg nach unten in die Stahltür. Dort lag das Schloß.

Morgan nahm die Gummiflasche aus der Nische und zog den Stöpsel heraus. Den Stöpsel zwischen den Zähnen haltend, zog er eine Gummipipette aus der Tasche und saugte damit Nitroglyzerin aus der Flasche. Er setzte die Mündung des Gummiröhrchens an das Loch in der Stahlplatte, drückte vorsichtig auf die Gummibirne und zählte leise, während er Tropfen um Tropfen in das Loch träufeln ließ.

Anschließend verschloß er die Flasche, hängte sie sich wieder um den Hals und versiegelte das Loch mit Wachs, in das die blanken Enden von zwei Drähten eingedrückt waren. Er wickelte den Draht langsam von der Rolle und ging rückwärts die Stufen hinauf.

»Nehmt das ganze Zeug mit und kommt«, sagte er zu Manolo und den anderen.

Oben im Gang hielt Morgan hinter der Biegung inne, nahm eine Batterie aus einem Koffer, preßte sich eng an die Mauer und berührte mit den Drahtenden die beiden Pole der Batterie.

Hinter der Biegung, unten an der Tür, war ein Laut zu hören, der wie ein kurzer, harter Schlag klang. Morgan spähte um die Ecke. Die stahlgepanzerte Tür unten hing offen. Ihr Schloß war zertrümmert.

*

Unten im Hauptraum der Kasematte hörte Colonel Targo die Explosion und dachte, es seien seine eigenen Leute, die ihn herauszuholen versuchten. Mit seinen beiden Vernehmungsbeamten im Gefolge rannte er hinaus und die Treppe hinauf. Er hielt mit einem Ruck inne, als er durch die aufgesprengte Tür die fremden Männer herunterkommen sah.

Colonel Targo war unbewaffnet. Er hatte nie in seinem Leben selbst eine Waffe benutzt. Jetzt warf er sich seitwärts gegen die Wand und schrie seinen Männern einen Befehl zu. Sie griffen nach ihren Revolvern.

Morgan, der voranging, reagierte sofort und ließ sich auf Hände und Knie sinken. Manolo gab über seinen Rükken hinweg einen kurzen Feuerstoß aus seiner Maschinenpistole ab. Die beiden Vernehmungsbeamten taumelten zurück und brachen tot zusammen.

Den Rücken an die Wand gepreßt, stand Colonel Targo reglos da und beobachtete mit einer Mischung aus hilfloser Wut und Entsetzen die herankommenden Männer. Manolo packte ihn bei der Hemdbrust und schleppte ihn quer durch den Raum zu einem Lehnstuhl aus massivem Holz, an dessen Armstützen Handschellen befestigt waren. Colonel

Targo wurde in den Stuhl gedrückt und seine Handgelenke mit den Handschellen gefesselt. Ohne sich zu bewegen, saß er da — mit schlaffen Wangen und einem dumpfen Ausdruck von Angst im Blick.

Manolo nahm einen Schlüsselring von einem Wandhaken und begann die Zellentüren zu öffnen. Die politischen Gefangenen und als Rebellen Verdächtigten stolperten aus ihren dunklen Verliesen und blinzelten mit tränenblinden Augen in das ungewohnte Licht.

Diejenigen, die kräftig genug aussahen, schickte Manolo zu den kämpfenden Rebellen hinauf. Die anderen zehn oder zwölf wurden in die oberen Räume verwiesen, wo sie sicherer waren.

Estella Ramos kam aus der letzten Zelle. Sie bewegte sich langsam. Ihr Gesicht war hager und ihr Blick stumpf. Als sie Colonel Targo sah, blieb sie stehen. Sie schaute ihn lange mit ihrem erloschenen Blick an — scheinbar ohne etwas zu empfinden.

Morgan trat zu ihr und wollte den Arm um ihre Schultern legen. Sie wich zurück und hielt den Blick weiter auf Colonel Targo gerichtet.

»Geh hinauf«, sagte Morgan sanft. »Geh zu Joey Clyde. Er wird dich in Sicherheit bringen.«

Jeder Platz dort oben war sicherer als hier unten. Das wußte Morgan. Falls die Armee in die Festung eindrang, gab es von oben aus eine Fluchtchance. Aber hier unten saß man in der Falle.

Estella nickte und ging langsam und schwerfällig durch den Raum. Sie blieb vor Manolo stehen. Plötzlich und mit einer Schnelligkeit, die man ihr nicht zugetraut hätte, riß sie Manolo den Revolver aus dem Gürtel, wich schnell zurück und wirbelte herum. Sie hielt die Waffe mit beiden Händen und zielte auf Colonel Targo.

Er krümmte sich im Stuhl zusammen, als er erkannte, was sie vorhatte. Bevor jemand etwas unternehmen konnte, donnerte der erste Schuß. Die Kugel traf Colonel Targo mitten ins Gesicht. Aber noch nachdem er längst tot war, feuerte Estella Kugel auf Kugel auf ihn ab, bis das Magazin leer war.

Dann stand sie mit der leeren Waffe in beiden Händen da und betrachtete ihren toten Peiniger. Kein Gefühl irgendeiner Art zeigte sich in ihrem stumpfen Blick.

17

Der Gang unter der Kasematte führte in ein Felsgewölbe. Die eine Wand wurde völlig von der riesigen, runden Panzertür und deren Rahmen eingenommen. Morgan stand da und betrachtete mit mürrischer Bewunderung die Meisterarbeit, die hier geleistet worden war.

Es war so, wie er gefürchtet hatte. Er hatte eine moderne Sieben-Tonnen-Panzertür von vermutlich nahezu einem Meter Dicke vor sich, die mit Lagen von verschiedenartigem Stahl, hitzeverteilendem Kupfer und anderen Metallmischungen sowie allen möglichen selbsttätigen elektrischen Anlagen ausgestattet war.

Morgan wußte, daß er den ganzen Raum mit Dynamit füllen und zur Explosion bringen konnte, ohne daß die Tür ernstlich in Mitleidenschaft gezogen wurde.

Es gab nur eine Möglichkeit: er mußte versuchen, von oben in das Schatzgewölbe zu gelangen und die Panzertür völlig zu umgehen.

Morgan lief die Steintreppe hinauf und in die Kasematte zurück, wo Manolo und die anderen mit seiner Ausrüstung auf ihn warteten. Er stellte die Gummiflasche mit Nitroglyzerin auf einen Tisch und führte die Männer dann in die Zelle, die nach Angabe der Blauskizze direkt über dem hinteren Ende des Schatzgewölbes lag.

Nachdem er seine helle Arbeitslampe eingeschaltet hatte, stellte er fest, daß der Boden der Zelle aus solidem Felsen bestand. Nach der Skizze mußte er sich durch ein Meter

Felsgestein arbeiten, bevor er an die Panzerung des Schatzgewölbes herankam.

Morgan nahm ein großes Stemmeisen und einen Vorschlaghammer aus dem Werkzeugkoffer und erklärte Manolo in seinem schlechten Spanisch, was zu tun war.

Manolo nickte und befahl einem Mann, sich auf den Boden zu knien und das Stemmeisen mit beiden Händen zu halten, wie Morgan es bezeichnet hatte. Dann schwang Manolo den Hammer hoch, und der erste Schlag dröhnte in der Enge der Zelle.

*

Der Feuerüberfall der Regierungstruppen begann mit überraschender Heftigkeit. Vom Kirchturm her hämmerten die Maschinengewehre und zwangen die Rebellen auf der Festungsmauer zum Rückzug. Zugleich wimmerten die ersten Artilleriegeschosse über die Mauer und explodierten auf dem Paradefeld.

Fast zu spät erkannte Kosta, daß die Maschinengewehrnester auf den Türmen nicht zu halten waren. Eine Mannschaft war bereits durch einen Volltreffer im linken Seitenturm ausgefallen, ehe Kosta den Befehl erteilte, die verbliebenen Maschinengewehre und Mannschaften über das Paradefeld und hinter die Barrikaden zurückzuziehen.

Bei dem Manöver fiel noch ein zweites Maschinengewehr durch Artillerietreffer aus. Jetzt waren nur noch zwei Maschinengewehre intakt, und der erste Feuerüberfall hatte mehr als zehn Rebellen das Leben gekostet.

In einer Feuerpause spähte Valdes über die Barrikade zum Tor. Bald würden die Feinde erkannt haben, daß die Türme unbesetzt waren. Dann konnten sie ungehindert über den Platz hinweg zum Angriff vorgehen.

Valdes hoffte, daß Morgan sich beeilte. Er hatte nicht mehr viel Zeit.

*

Manolos Schläge mit dem Vorschlaghammer trieben das Stemmeisen tiefer und tiefer in den Felsboden. Morgan wartete, bis das Loch etwa einen Fuß tief und fast ebenso breit war. Dann ging er und holte Dynamitstäbe. Er mußte die genau richtige Sprengladung legen. Darauf kam es jetzt an. Zuviel konnte die ganze Zelle verschütten und zu wenig bedeutete eine zeitraubende Wiederholung des Ganzen.

In der Zelle kniete Morgan sich nieder und legte mehrere Dynamitstäbe in das Loch. Nur einen Stab steckte er aufrecht zwischen die anderen. Dann füllte er das Loch wieder mit Felsbrocken und drückte sie mit den Schuhsohlen so fest wie möglich auf die liegenden Dynamitstäbe. Die anderen hatten inzwischen die Zelle verlassen. Morgan zündete ein Streichholz an und hielt es an die Zündschnur des einzigen noch sichtbaren Dynamitstabes. Dann sprang er hinaus, schlug die Zellentür hinter sich zu und rannte quer durch den Vorraum in Deckung.

Eine dumpfe Explosion erschütterte gleich darauf die Kasematte. Die Zellentür wurde aufgestoßen, und dichter schwarzer Rauch quoll heraus. Morgan wartete ein paar Sekunden, bevor er in die Zelle ging.

Das Dynamit hatte seine Aufgabe getan. Nachdem die Männer die Steinsplitter und Felsbrocken weggeräumt hatten, stellten sie fest, daß das gesprengte Loch fast einen Meter breit und tief war. Am Boden des Loches war der matte Schimmer von Stahl zu erkennen. In zehn Minuten hatten sie am Boden des Loches eine ungefähr kreisförmige Stahlfläche von zwei Fuß Durchmesser freigelegt. Das genügte als Durchschlupf für einen Mann.

Morgan kniete sich vor das Loch und untersuchte die Stahlfläche. Der Versuch, hier mit dem Drillbohrer zu arbeiten und das Stahlgehäuse mit Nitroglyzerin zu sprengen, wäre nutzlos gewesen.

Die Sauerstoff- und Karbidtanks wurden in die Zelle gebracht. Morgan setzte die Brenndüse in einen kleinen Schweißbrenner und hakte die Zuleitungsschläuche von den Tanks fest. Nachdem er Asbestschürze und Handschuhe angelegt hatte, schob er die Schweißbrennermaske vors Gesicht, legte sich vor dem Loch flach auf den Bauch und begann die Stahlplatte an einer Stelle am äußeren Rand des Kreises zu erhitzen.

Als der Stahl heiß genug war, schaltete Morgan auf Sauerstoff um. Die kleine Flamme fraß sich in den Stahl. Morgan beobachtete mit grimmiger Zufriedenheit, wie der Stahl seine Festigkeit verlor und zu einer Blasen schlagenden Flüssigkeit zerschmolz. Aber er wußte, daß er erst ein kleines Loch durch die Stahlplatte gebrannt hatte und noch den ganzen Kreis herausschweißen mußte.

*

Die Mörsergeschosse schlugen in gleichmäßigen Zeitabständen auf dem Paradefeld und zwischen den Gebäuden ein. In das Krachen der Explosion mischten sich die Schreie der Verwundeten, das Bersten von Holzgebälk und das Poltern zusammenbrechender Mauern.

»Sie wollen uns weich machen«, sagte Kosta heiser, als er sich neben Valdes hinter die Barrikade warf. »Bald werden sie angreifen.«

Durch das Dröhnen der Explosionen konnte Valdes

kaum die Stimme hören. Er nickte nur und hielt den Blick weiter auf das Tor gerichtet. Seine Maschinenpistole hielt er fest in den Händen. Immer wieder mußte er sich darüber wundern, wie klar und ruhig sein Verstand in diesem Aufruhr arbeitete.

Plötzlich hörte der Artilleriebeschuß auf. Valdes deutete durch das Tor.

»Sie kommen«, sagte er ruhig.

Draußen rumpelten drei Lastwagen langsam über den weiten Platz. Ihnen folgten etwa zweihundert Soldaten im Laufschritt. Die Maschinengewehre der Regierungstruppen hielten weiterhin die Mauerkronen der Festung unter Beschuß. Kosta überließ Valdes den Befehl bei den Barrikaden und rannte gebückt zu den beiden Maschinengewehrstellungen hinüber.

Joey Clyde kam aus einer Baracke gestürzt und blieb neben Valdes stehen, um den Vormarsch der Regierungstruppen zu beobachten.

»Wenn euer Geldschrankspezialist nicht inzwischen in der Schatzkammer ist, haben wir nicht mehr viel zu erwarten«, sagte Valdes gepreßt.

Joey Clyde nickte und eilte davon.

Das Maschinengewehrfeuer aus dem Glockenturm der Kathedrale hörte unvermittelt auf. Im gleichen Moment hielten die Lastwagen dicht vor der Mauer an. Soldaten kletterten auf die Dächer und richteten Leitern gegen die Mauer.

Valdes schrie seine Befehle, sobald die feindlichen Maschinengewehre schwiegen. Mehrere Gruppen von Rebellen stürmten wieder aufs Dach und warfen Handgranaten auf die Lastwagen und anstürmenden Soldaten.

Innerhalb von Sekunden waren die Rebellen auf der Mauer in einen ungleichen Kampf mit den angreifenden

Soldaten verwickelt. Ihre Position war günstiger, und sie konnten den Feinden schwere Verluste beibringen. Aber immer neue Angriffswellen wogten heran. Die ersten Soldaten drangen durchs Tor aufs Paradefeld. Kostas Maschinengewehre begannen zu hämmern und hielten furchtbare Ernte. Aber immer mehr Soldaten stürmten durch das Tor, und die ersten Handgranaten flogen hinter die Barrikaden und explodierten dort.

18

Joey Clyde lief die Treppen hinunter und durch das große Gewölbe der Kasematte zu der Zellentür hin, vor der Manolo und die beiden anderen Rebellen warteten. Als er in die Zelle trat, mußte er die Hand vor die Augen legen, um nicht von der grellen Flamme des Schweißbrenners geblendet zu werden.

»Morgan!« rief Clyde mit beginnender Panik. »Bist du noch nicht durch? In ein paar Minuten werden diese verdammten Soldaten uns überall am Hals hängen.«

»Sei still!« rief Morgan gepreßt. »Geh raus!«

Joey Clyde wich aus der Zelle zurück. Er stand mit den drei anderen Männern da und spürte, wie die Panik in seinem Innern von Sekunde zu Sekunde wuchs.

Morgan lag mit dem Bauch auf dem Boden der Zelle und beobachtete, wie die Flamme sich durch das Metall fraß. Er hatte den Kreis jetzt fast vollständig herausgebrannt. Noch ein Zoll blieb übrig — ein einziger Zoll.

Morgan konzentrierte die Flamme auf diesen schmalen Rest von Metall am Kreisrand. Für ihn existierte im Moment nichts anderes. Diese Flamme schien ein Teil seines Ich zu sein — eine beharrliche, wilde Kraft aus seinem Innern, die alle Widerstände langsam, aber unerbittlich zerstörte. Er spürte nicht die sengende Hitze, sondern sah nur, wie die Flamme sich weiterfraß — Millimeter um Millimeter.

Plötzlich löste sich der sechzig Zentimeter breite Diskus aus dem Gehäusedach der Schatzkammer und fiel mit metallischem Klirren auf den Boden hinunter. Morgan schaltete den Schweißbrenner aus und richtete sich mit unsicheren Bewegungen auf. Er streifte Handschuhe, Maske und Schürze ab, warf alles zu Boden und holte tief Atem.

Als die anderen eintraten, nahm er die Arbeitslampe auf und hielt sie über das Loch.

Im Lichtschein schimmerten zwei Meter unter ihnen die Stapel von Goldbarren am Boden der Schatzkammer.

»Du meine Güte«, flüsterte Joey Clyde begeistert und stürmte aus der Zelle.

In der Zelle ließ sich Manolo durch das Loch in die Schatzkammer hinab. Morgan kniete sich hin und reichte ihm die Arbeitslampe hinunter. Manolo stellte die Lampe auf den Boden und begann Goldbarren zu den beiden anderen Männern hinaufzureichen.

*

Joey Clyde hatte inzwischen die Festungsmauer an der Seeseite erklommen und lief auf das Blinklichtsignal zu. Derric kreuzte draußen wartend mit der *Wanderlust*.

Joey schaltete schnell die Lichtanlage an und blinkte das verabredete Signal hinaus. Noch war das Boot nur ein Punkt weit draußen auf See. Aber der Bug richtete sich jetzt landwärts und begann das Wasser zu durchpflügen — in Richtung der Festung.

Joey Clyde verließ die Mauer und rannte gebückt zwischen den Gebäuden aufs Paradefeld zu. Die Soldaten waren jetzt an mehreren Stellen weit in die Festung eingedrungen und zum Teil in erbitterte Handgemenge mit den zurückweichenden Rebellen verwickelt.

Kosta kniete hinter dem Steinhaufen, über den hinweg das letzte Maschinengewehr der Rebellen jeden Soldaten in Reichweite niedermähte. Das andere Maschinengewehr war nach einem Mörservolltreffer ausgefallen.

Joey Clyde kauerte sich hinter Kosta, ergriff seine Schulter und schrie ihm ins Ohr:

»Wir sind in der Schatzkammer!«

Kostas Zyklopenauge leuchtete auf. Er überließ Clyde den Befehl am Maschinengewehr, rannte tief gebückt davon und schrie den vier nächsten Rebellen zu, ihm zu folgen.

Joey Clyde zögerte und beobachtete die beiden Maschinengewehrschützen. Sie konnten das Geschütz genauso gut ohne ihn bedienen, stellte er fest. Es gefiel ihm nicht, daß Kosta darauf bestanden hatte, den Befehl beim Einladen der Beute ins Boot zu übernehmen. Nach einem letzten Blick auf die Maschinengewehrschützen rannte er Kosta nach.

Er hatte eben eine Gebäudeecke erreicht, als von irgendwoher eine Handgranate hinter ihm aufs Pflaster fiel. Bei dem Geräusch fuhr er herum. Die Granate explodierte in dem Augenblick, als Clyde erkannte, was es war. Er wurde rückwärts gegen die Mauer geschleudert und sank dort langsam in sich zusammen. Auf dem Rücken liegend, starrte er aus glasigen Augen gen Himmel.

*

Im Innern des Verwaltungsgebäudes blieb Kosta stehen und musterte die vier Männer, die ihm gefolgt waren. Es waren alles Rebellen aus der Stadt. Er berichtete ihnen schnell, daß die Schatzkammer aufgesprengt sei und daß sie helfen müßten, die Goldbarren ins Boot zu schaffen.

Einer der Männer stieß vor Freude einen Jubelruf aus.

»Es lebe Kosta!« rief er.

Kosta blickte verblüfft in die grinsenden Gesichter der

Männer, die nun wußten, daß ihr Kampf nicht vergeblich gewesen war. Er schaute ihnen noch immer verwirrt nach, als sie die Treppe hinunter in die Kasematte eilten.

Diese Städter — manche von ihnen studierte Leute —, sie schauten zu ihm auf! Sie erkannten in ihm das natürliche Führertalent.

Ein Gefühl, das er schon bei der Zusammenkunft im Keller der Kathedrale gespürt hatte, kam ihm jetzt noch deutlicher zu Bewußtsein. Wenn Männer dieser Art seine Befehle ausführten, dann würde das ganze Volk ihm folgen.

Es war eine überwältigende Erkenntnis. Wenn es ihnen gelänge, Diaz' ganzen Goldschatz zu erobern, konnten sie eine richtige Revolution finanzieren.

Seine Gedanken wurden unterbrochen, als Manolos beide Begleiter mit Goldbarren die Treppe heraufgestolpert kamen. Kosta nahm den Anblick der schimmernden Goldbarren begierig in sich auf. Der Plan schien Wirklichkeit zu werden. Die Revolution würde siegen.

Kosta führte die beiden zu einer zur See hin sich öffnenden Pforte. Die Jacht lag bereits am Landesteg. Derric vertäute eben das Boot. Beim Anblick der beiden Männer mit den Goldbarren grinste er zufrieden.

Kosta befahl den beiden, die Goldbarren an der Pforte niederzulegen. Er würde andere Männer für das Einladen der Barren ins Boot bestimmen. Auf diese Weise konnte der Transport von der Schatzkammer in die Jacht schneller bewerkstelligt werden. Die beiden Männer gehorchten und eilten in die Kasematte zurück.

Kosta trat auf den Landesteg. Er hatte nie daran gedacht, mit Derric und dem Gold allein zu fliehen. Aber er hatte es für besser gehalten, scheinbar auf den Plan des Amerikaners einzugehen.

Derric grinste ihm nervös entgegen.

»Ein hübscher Anblick — diese Goldbarren«, sagte er. »Aber wir sollten lieber nicht zu habgierig sein und rechtzeitig verschwinden.«

»Mach dir darum keine Sorgen«, antwortete Kosta ruhig. Er sah Derric gerade ins Gesicht, setzte in einer überraschend schnellen Bewegung die Mündung seiner Maschinenpistole an Derrics Brust und drückte einen Feuerstoß von drei Schüssen ab.

Derrics Gesicht war einen Moment eine Maske wilden, entsetzten Erstaunens. Dann stolperte er rückwärts vom Landesteg ins Wasser, und sein schlaffer Körper ging langsam unter.

Ohne auf Colleens Entsetzensschrei zu achten, wandte sich Kosta ab und eilte durch die Seepforte in die Festung zurück. Als er die Barrikade erreichte, hinter der Valdes und die letzten überlebenden Rebellen den Ansturm der Soldaten abzuhalten versuchten, schrie er Valdes etwas ins Ohr. Der nickte und wählte vier Männer aus, die er in Deckung der Gebäude zur Seepforte führte. Kosta kauerte sich hinter die Barrikade, um die angreifenden Gegner wenigstens noch ein paar Minuten abzuwehren.

Inzwischen war der Haufen von Goldbarren neben der Pforte schon höher gewachsen. Valdes erteilte seinen Männern die nötigen Befehle. Jeder von ihnen packte so viele Goldbarren, wie er tragen konnte, und trug sie zum Boot.

*

Von einem Fenster im dritten Stock des Verwaltungsgebäudes beobachtete Morgan die Vorgänge an der Seepforte und auf dem Paradefeld. Kosta wich mit seinen Rebellen eben in eine letzte Rückzugsstellung zwischen den Offiziersquartieren und den Baracken zurück. Ihre Position war gut, aber die Gruppe war zahlenmäßig zu klein, um noch lange Widerstand zu leisten.

Morgan wandte sich vom Fenster ab. In dem Raum waren noch Estella Ramos und vier Gefangene aus den Kasematten, die zu schwach zum Kämpfen gewesen waren. Er wies sie an, zum Landesteg an der Seepforte zu gehen und eilte selbst die Treppe hinunter zum Paradefeld.

An der Seepforte war Valdes inzwischen in die ersten Kämpfe mit angreifenden Soldaten verwickelt, denen es gelungen war, Kostas Stellung zu umgehen. Morgan bückte sich, nahm einem toten Soldaten die Maschinenpistole und den Patronengürtel ab und schlang sich den Gürtel über die Schulter. Er riß die Waffe gerade rechtzeitig hoch, um einen Soldaten zur Strecke zu bringen, der von der Mauer aus auf Valdes schießen wollte.

Dann rannte Morgan tief gebückt zu Kosta und seinen Rebellen.

»Wir müssen fort!« schrie er ihm zu. »Sonst werden wir von hinten angegriffen!«

»Ich weiß!«

Kosta riß plötzlich die Waffe hoch und schoß auf einen Soldaten, der sich in einem nahen Fenster zeigte. Im gleichen Moment ließ sich Morgan auf ein Knie sinken und brachte mit einem schnellen Feuerstoß einen Soldaten auf dem gegenüberliegenden Dach zu Fall.

Morgan wechselte mit geübtem Griff das Magazin aus und richtete sich auf.

»Ich hole Manolo!« rief er. »Zieht euch langsam zur Seepforte zurück, ehe es zu spät ist!«

Als er zum Verwaltungsgebäude zurückrannte, sah er die beiden Rebellen, die eben Goldbarren zur Pforte gebracht hatten, ins Haus zurückeilen. Er holte sie erst unten in der Zelle ein, wo sie gerade eine neue Ladung Goldbarren in Empfang nahmen. Morgan sagte ihnen, sie sollten nicht noch einmal zurückkommen, sondern beim Boot bleiben. Während sie hinaufrannten, kniete sich Morgan neben das Loch und rief zu Manolo hinunter, er solle aufhören. Manolo ließ die letzten Goldbarren liegen, stopfte sich noch die Hosentaschen mit Juwelen aus einer offenen Schatulle voll und ließ sich dann von Morgan aus dem Loch hinaufziehen.

Als sie die Kasematte verließen, fiel Morgans Blick auf die Gummiflasche mit Nitroglyzerin. Er überlegte einen Moment und nahm die Flasche dann mit.

Draußen war Kosta gerade dabei, sich mit seinen Rebellen in Richtung der Seepforte zurückzuziehen. Zusammen mit Morgan und Manolo erreichten sie den Haufen von Goldbarren neben der Seepforte. Es war ihnen zwar gelungen, das Gold aus der Schatzkammer zu holen, aber sie hatten nur einen Teil davon ins Boot verladen können.

Die Rebellen luden sich Arme voll Goldbarren auf und schleppten sie zum Boot. Manolo war ihrem Beispiel gefolgt. Als er sich aufrichtete, fühlte er wohl nicht mehr die Kugel, die in seinen Hinterkopf schlug. Lautlos sank er mit seiner Last von Goldbarren vornüber und blieb auf dem Gesicht liegen.

Morgan war schon durch das Tor, als ihn eine Kugel traf. Er fühlte den scharfen Schmerz an seinen Rippen und unter der linken Achselhöhle. Beinahe wäre er gestolpert, aber es gelang ihm, sein Gleichgewicht zu halten und sich an die Mauer neben der Pforte zu lehnen. Der brennende Schmerz der Wunde an seiner Seite begann sich durch sein Inneres auszubreiten. Er konzentrierte seine ganze Willenskraft auf die Gummiflasche. Er durfte sie nicht fallenlassen — noch nicht.

Wie durch einen Nebel sah er Kosta und Valdes durch die Pforte stürzen und, ohne ihn zu bemerken, an ihm vorbei zum Boot laufen. Die letzten Überreste der Rebellenstreitmacht folgten ihnen. Es waren nicht viele. Kosta hatte recht gehabt. Das Boot war groß genug, um sie alle aufzunehmen.

Der letzte Rebell kletterte in die Plicht. Morgan stieß sich von der Mauer ab und spähte durch die Pforte aufs Paradefeld. Die Soldaten rückten vorsichtig in dem engen Durchgang zwischen zwei Gebäuden vor. Falls sie rechtzeitig genug auf den Landesteg kamen, konnten sie die Jacht in Trümmer schießen, bevor sie weit genug vom Ufer entfernt war. Und da war das Gold! Nachdem sie es mit soviel Mühe aus der Schatzkammer geholt hatten, sollte der Diktator es wenigstens auch nicht zurückbekommen.

Morgan trat weit genug von der Pforte zurück, hob dann den Arm und schleuderte die Gummiflasche mit Nitroglyzerin auf den Haufen von Goldbarren.

Im gleichen Moment drehte er sich um und rannte so schnell wie möglich in Richtung der Jacht. Die Wucht der Explosion traf ihn wie ein harter Schlag in den Rücken. Aber noch während er vornüberfiel und das Bewußtsein verlor, hatte er die Gewißheit, daß das Nitroglyzerin seine Wirkung getan hatte. Die Goldbarren wurden zu Staub zersprengt, und einstürzende Teile der Mauer hatten die Seepforte völlig verschüttet und den Soldaten den Verfolgungsweg abgeschnitten.

19

Ein stechender Schmerz in der Seite war die erste bewußte Empfindung, die Morgan hatte. Dann spürte er unter sich die Bewegung der Jacht, hörte die Maschinen arbeiten und roch die Seeluft.

Er versuchte zu denken, aber das war schwierig. Einmal war er drei Tage und drei Nächte ohne Nahrung marschiert. Er hatte jetzt das gleiche Gefühl im Kopf wie damals.

Langsam öffnete er die Augen. Er sah, daß er in einer Koje in der Kajüte der *Wanderlust* lag. Colleen kniete neben ihm und befestigte einen Verband unter seinem Arm. Als sie aufschaute und ihre Blicke sich trafen, lächelte sie beruhigend.

»Es ist nur eine Fleischwunde, Morg. Wie fühlst du dich sonst?«

»Schwindlig.«

»Wahrscheinlich hast du eine leichte Gehirnerschütterung. Aber die Augen sehen klar aus.« Sie richtete sich auf, setzte sich auf den Rand der Koje und sah ihn an.

»Wohin fahren wir?« fragte Morgan.

»Im Augenblick haben wir noch kein Ziel«, antwortete sie ruhig. »Ich habe das Boot einfach nur auf See hinausgesteuert, bis wir kein Land mehr sahen. Dann habe ich Carlos das Ruder übergeben und gesagt, er solle denselben Kurs beibehalten. Ich bin heruntergekommen, um mich um dich zu kümmern.«

»Zu schade, daß wir nicht noch etwas mehr Zeit hatten«,

sagte Morgan. »Wir haben nicht mehr als die Hälfte des Goldes an Bord.«

»Diaz wird aber von dem Rest nicht viel gebrauchen können«, antwortete sie. »Du hast alles in die Luft gesprengt. Das ist ein Trost.«

Morgan grinste schwach.

»Wir haben jedenfalls diesen Diktator an seiner empfindlichsten Stelle getroffen.«

»Wir haben ihn überhaupt schwer angeschlagen«, erklärte Colleen. »Carlos sagt, jeder im Lande wird jetzt erfahren, daß eine winzige Gruppe von Rebellen Diaz' ganzer Armee erfolgreich Widerstand leisten konnte. Die Leute werden sich jetzt nicht mehr so sehr vor Diaz und seiner Macht fürchten. Sie werden sich hinter Kosta stellen und eine richtige Revolution in Gang bringen.«

»Dieser Kosta ist ein echter Kämpfer«, sagte Morgan nachdenklich.

»Kosta ist davon überzeugt, daß er Diaz jetzt aus dem Lande jagen kann.«

Morgan lächelte skeptisch.

»Ich weiß nur nicht, als was Kosta sich entpuppen wird, wenn er Diaz verjagt hat? Meine Meinung ist, daß Valdes alle Hände voll zu tun hat, um eine neue Diktatur unter Kostas Führung zu vermeiden.«

»Sie haben sich bereits gestritten«, berichtete Colleen. »Deinetwegen. Valdes will, daß du den versprochenen Anteil an dem Gold bekommst. Aber Kosta meint, sie brauchen alles, um die Revolution zu starten.«

»Du kannst ihnen sagen, daß sie sich nicht mehr zu streiten brauchen«, erklärte er. »Sie können meinen Anteil behalten.«

Sie sah ihn verwirrt an. Es fiel ihm schwer, gegen die ihn umhüllende Müdigkeit anzukämpfen.

»Es war meine letzte Arbeit — auf diesem Gebiet. Wenn ich daran zurückdenke, will ich ein gutes Gefühl haben. Verstehst du das?«

Ohne zu antworten, sah ihm Colleen ins Gesicht. Dann sagte sie sanft:

»Kosta kennt einen Platz an der Küste, wo sie an Land gehen und das Gold verstecken können. Aber wir brauchen dich, um das Boot dorthin zu steuern. Ich kann zwar das Ruder bedienen, aber ich verstehe nichts von Navigation.«

Morgan drehte seinen Kopf auf dem Kissen langsam zur Seite.

»Ich glaube, im Moment könnte ich nicht einmal meine eigenen Füße richtig navigieren.«

»Du kannst dich ausruhen, bis du dich kräftiger fühlst. Bevor es dunkel wird, können wir ohnehin nicht an Land steuern.« Sie stand auf und schaute nachdenklich auf ihn hinab. »Ich verstehe dich immer noch nicht, Morg«, sagte sie. »Es ist mit dir wie mit meinem Vater. Ich glaube, ich verstehe nicht viel von Männern.« Sie wandte sich ab und ging durch die Hauptkajüte zur Plicht.

Morgan schloß die Augen und dachte an Kosta und Valdes. Rein äußerlich betrachtet, waren sie ein sehr ungleiches Gespann. Aber Morgan hatte das Gefühl, daß sie sich gut ergänzen könnten und daß die Tage des Diktators Diaz gezählt waren, wenn sie beide die Revolution leiteten.

Seine Gedanken wurden unkonzentriert und wirr, und er schlief wieder ein.

*

Es war Nacht, als Morgan etwa sechzig Meilen von Mataan entfernt vor einer Sandbank an der Küste den Anker lichten ließ. Er stand neben Colleen auf der Schwebebrücke der *Wanderlust* und beobachtete, wie die anderen an Land wateten — jeder von ihnen schwer mit Goldbarren beladen. Valdes verließ als letzter das Boot.

»Schade, daß Sie Ihre Meinung nicht ändern wollen. Señor Morgan«, sagte er. »Wir könnten einen Mann wie Sie bei den kommenden Kämpfen brauchen.«

Morgan schüttelte den Kopf.

»Es ist nicht meine Revolution«, sagte er freundlich. »Aber ich wünsche euch alles Gute, und ich hoffe, daß sich alles so entwickelt, wie ihr es euch vorstellt.«

Valdes wandte sich Colleen zu.

»Gott möge dich beschützen«, sagte er sanft.

»Und dich auch«, flüsterte sie.

Valdes klomm über Bord und ließ sich in das hüftentiefe Wasser sinken. Morgan wartete, bis er die anderen erreicht hatte. Dann drehte er das Steuerruder und lenkte das Boot vom dunklen Ufer fort.

Colleen schaute noch zum Ufer zurück, bis die letzte Gestalt vom Strand im Dunkel des Dschungels verschwunden war. Dann drehte sie sich um und schaute über den dunklen, schimmernden Spiegel der See in die Ferne.

»Und was jetzt?« fragte sie sanft.

»Jetzt fahren wir heim«, antwortete Morgan.

Sie blickte ihn ernst an.

»Und dann?«

»Dann will ich versuchen, soviel Geld zu verdienen, daß ich mir ein Boot kaufen und ins Chartergeschäft einsteigen kann.«

»Du hast ein Boot«, sagte sie. »Dieses hier.« Sie lächelte plötzlich. »Du hast doch erwartet, daß ich es dir anbiete, nicht wahr?«

Morgan wandte den Kopf und lächelte sie an.

»Und wie sind die Bedingungen?«

»Nicht so leicht. Ich gehöre als lebendes Inventar zu dem Boot. Bist du daran interessiert?«

»Eines ist sicher«, antwortete er. »Du bist die hübscheste Mannschaft, die man jemals rund um Miami gesehen hat.«

Sie legte den Kopf an seine Schulter. Worte waren nicht mehr nötig.

Das Boot nahm Kurs nach Norden — durch den dunklen Ozean in ihre gemeinsame Heimat zurück.